Hanna Johansen

Halbe Tage, ganze Jahre

Erzählungen

Carl Hanser Verlag

1 2 3 4 5 02 01 00 99 98

ISBN 3-446-19487-8

Satz: Fotosatz Reinhard Amann, Aichstetten
Druck und Bindung: Kösel, Kempten
Printed in Germany

Anderes Licht

Barbara S. war mit dem Nachtzug angekommen, hatte ihren Koffer auf ein grämlich geblümtes Bett gelegt, das Hotel verlassen und ging, als die Sonne schon hoch stand, langsam nach Norden, barfuß, starrte auf zertretene Muscheln zu ihren Füßen und wünschte sich, keinen Menschen zu treffen, was unmöglich war. Aus dem ruhelosen Meer hob sich ein Himmel in unerschöpflichen Grautönen.

Es ist gebräuchlich, vom Licht zu sprechen, das auf die Dinge fällt, und vom Augenblick, in dem es wechselt, und wie es gilt, diesen Augenblick wahrzunehmen und gebührend zu achten, statt ihn verstreichen zu lassen, als wäre er ohne Bedeutung und seine Aufgabe keine andere als die, uns zum nächsten Augenblick zu führen, der selber nichts ist als ein Sprungbrett in das, was wir Zukunft nennen. Barbara S. dagegen war aufgewachsen, ohne daß irgend jemand von den Schönheiten des Lichts gesprochen hätte. Sie hätte gern gewußt, ob diejenigen, die darüber schweigen, diese Schönheiten nicht sehen oder ob sie in ihren Augen nicht der Rede wert sind. Sie wußte auch nicht, ob Menschen, welche über die Metamorphosen des Lichts keine Worte machen, die dafür geeigneten Worte zwar kennen, aber nicht benutzen wollen, oder ob ihnen die Worte fehlen. Sie wußte nicht, ob es mit Geld zu tun hat. Sie wußte jedoch genau, wann und wo und von wem sie einen solchen Gedanken zum erstenmal gehört hatte. Es war in einem weit zurückliegenden Sommer, als sie ungefähr zwanzig und im Auto unterwegs war zum Meer, als der Himmel größer und das Land ebener wurde und das Licht anders entgegennahm als andere Landstriche, so daß es möglich und möglicherweise nötig war, diese Andersartigkeit zu bemerken und in einen eigens dafür gemachten Satz zu fassen. Der Fahrer des Wagens sprach ihn aus, für seine Frau. Barbara S. saß hinter dem Fahrer und sah ein Lächeln über das Profil der Frau gehen und daß sie nickte. Sie selbst hätte das ungewohnte Leuchten des Himmels jederzeit sehen, aber bis zu jenem Tag nicht nur nicht aussprechen, sondern auch nicht denken können. Sie stutzte, war überrascht von jenem Satz und ihrem Stutzen und vergaß es sogleich, weil sie zum erstenmal eine solche Reise machte und vieles andere sie ebenfalls überraschte. Stundenlang so zu sitzen weckte in ihr eine vom Staunen gedämpfte Abwehr, während das Gefühl, auf dem Rücksitz eines teuren Autos, welches die Unebenheiten des Bodens kaum weitergab, ins Unbekannte unterwegs zu sein, ihre Aufmerksamkeit gewissermaßen betäubte, indem es sie mit einer Überfülle von Wahrnehmungen und Gedanken überflutete, so daß das Vermögen, über Licht zu sprechen, nur eine Merkwürdigkeit unter anderen war.

Verwirrend war die Stille im Innern des Wagens. Man hörte einander atmen. Verwirrend der gleichzeitige Eindruck von Schweben und Geschwindigkeit, dem Barbara mit gemischten Gefühlen nachgab, weil ihr eigenes Leben holprig war und jegliche Unebenheit ungedämpft an sie weiterzureichen pflegte. Verwirrend auch das bloße Sitzen auf dieser rückwärtigen Polsterbank und neben dem schlafenden Kind. Verwirrend, daß ihr zum erstenmal ein Kind anvertraut war. Der schnelle Atem des Kindes, die nordwärts strebende Autobahn, das Kommen und Gehen der Hecken, das Aufstieben der Vögel. Lange sah sie den Bäumen zu, der Art und Weise, wie Bäume hier den beharrlichen, kaum je drehenden Nordwestwinden nachgaben und sich abwendeten und unter dem riesengroßen Himmel standen, ohne zu ihm aufzuragen. Sie sah den Häusern zu, die unter den Bäumen standen und alt geworden waren, wie man nur unter alten Bäumen alt wird.

Und während ihr Auge sich verlor im Heraufkommen von immer neuen Hecken, Bäumen und Häusern, welche andern Hecken, Bäumen und Häusern ähnlich sahen, begann zugleich ein Abstandnehmen von dem, was hinter ihr lag, und dann ein Anflug von Vorfreude, die Verheißung von etwas, das anders war als die zähen Wiederholungen des Alltags, die an den Menschen zehren. Auch sollte, dachte Barbara S. auf jener Reise, der tägliche Gram angesichts einer Bindung, aus der sie sich nicht lösen konnte, obwohl sie längst am Ende war, ihr hier in einem andern Licht erscheinen.

Die zweite und wichtigere Begegnung mit dieser Redeweise fand am nächsten Tag bei ihrer Wiederholung statt, sobald der Professor mit seiner Frau vom ersten jener Vormittagsausflüge zurückkehrte, die sie zu ihrer täglichen Gewohnheit machen wollten, während die junge Frau das Putzen und Einkaufen und Tischdecken besorgen und den Säugling hüten sollte. Gegen Mittag war es, als sie lächelnd miteinander ins Ferienhaus traten, sich an den gedeckten Tisch setzten und nicht nur Salat, Brot und Bier lobten, sondern vor allem die einzigartige Beleuchtung, die dieser besondere Himmel gerade an diesem Tag über die ebenfalls besondere Dünenlandschaft gebreitet habe.

Dieser Gedanke erschien der Zwanzigjährigen, während sie zum erstenmal an diesem fremden Tisch saß und mit fremdem Besteck hantierte, so neu und so verblüffend, daß sie glaubte, man habe ihr endlich einen Weg gezeigt, jenes Unsagbare, das sie beim Anblick des Himmels und des Meeres und all dessen, womit die beiden verbunden und wodurch sie getrennt waren, erlebte, ohne es je zu begreifen, von nun an wenn auch nicht geradezu auszusprechen, so doch wenigstens in geordnete Bahnen zu lenken, in denen sie ihre Eindrücke ordnen und sich mit der Zeit doch noch zurechtfinden konnte. Sie hatte lange gebraucht, bis sie lernte, wie man das macht.

Noch länger brauchte sie, bis sie, sehr viel später, die erschreckende und wortlose Wahrheit ihrer Empfindungen zurückgewinnen konnte, die in jenem Augenblick des Lernens verlorenging.

Nur ein paar Tage jedoch dauerte es, bis ihr Zweifel daran kamen, ob ein Ehepaar das, was es zu formulieren vermag, auch wirklich so erlebt. Wissen konnte das niemand. Aber es bestand zumindest die Möglichkeit, daß sie einfach froh waren, eine Sprache zu finden, die ihnen gemeinsam war und half, gemeinsam zu leben. Es bestand ferner die Möglichkeit, daß sich das nicht unterscheiden ließ.

Im Leben von Barbara S. gab es in jenem Sommer drei Männer. Einen, der sie über alles liebte und unglücklich war, weil sie diese Liebe nicht erwidern konnte. Mit großer Klarheit wußte sie, daß sie es nicht konnte. Sie glaubte, die Gründe dafür nicht zu kennen, während sie in Wahrheit nur im Nebel des Unformulierbaren verborgen waren. Andererseits kannte sie, seit sie die Nachmittagsstunden am Strand verbrachte, einen Mann, an dem ihr gefiel, daß er sich von andern, die ihr näherstanden, sehr deutlich unterschied, obgleich sie kaum hätte sagen können, was diesen Unterschied ausmachte. Möglicherweise unterschied er sich nur darin, daß er weniger jung war als andere, und ob ihr das gefiel, hätte sie nicht zu sagen gewußt. Er hatte weiches, angenehm wolliges Haar, das ein wenig zu gut geschnitten war. Der Flaum, der sich über die Höhen und Tiefen seiner Haut zog, war von der gleichen Farbe, einem dunklen Blond, das zu leuchten anfing, sobald die Sonne draufschien. Er roch gut.

Ein Mann von mittlerer Statur war er. Er fiel nicht auf. Er war freundlich. Sie glaubte, daß er in eine Lebenskrise geraten und nun, da er kleine Umwege einer Katastrophe oder auch nur einer merklichen Biegung seiner Biographie vorzog, auf die Mehrung seines Glücks aus war, indem er einer unverhofft jungen Frau, die nachmittags allein am Strand saß und las oder den schweifenden Rändern von Ebbe und Flut nachging, sich zu nähern vorgenommen hatte, um mit ihr das zu erleben, was ihm fehlte, nämlich eine wirklich aufregende Nacht oder, wenn es sich machen ließ, auch mehrere davon. Es ließ sich jedoch keineswegs machen. Dabei wäre Barbara S., nachdem er sich ein paar Nachmittage lang zwar als schlechter Beobachter, aber als guter Zuhörer erwiesen hatte, dazu bereit gewesen. Sie freute sich darauf. Aber machen ließ es sich nicht, weil er, nach einer Woche in die glücklichste Lage gekommen, die er sich nur wünschen konnte, nämlich bei Einbruch der Nacht gleich neben die nackte, noch salzige Haut dieser Frau, zu glücklich war.

Sie meinte zu hören, daß eigentümliche Wörter wie »Blüte der Jugend« ihm durch den Kopf gingen, obwohl er sie nicht aussprach. Zu glücklich sei er, sagte er zweimal und sah maßlos erschrocken aus, weil er von dieser Lage, in die der Mensch nicht leicht und nicht ohne die Mühen der Selbstverleugnung kommt, den nötigen Gebrauch nicht machen konnte und infolgedessen alle Hände voll zu tun hatte, um dieses an sich unbedeutende Ereignis, das in ihm jedoch das nackte Entsetzen heraufbeschwören zu wollen schien, in seine Schranken zu weisen und als die Nebensache zu behandeln, die es naturgemäß war.

Er begann zu stottern. Weil er ungern stotterte, schwieg er zunächst, was der Lage der Dinge ohnehin angemessener war, und begann dann mit einer ungewohnten Stimme zu reden, welche sie an Stimmen erinnerte, wie sie in Büros zu hören sind, wo Männer kaum je stottern. Es war eine ganz andere Stimme als die, mit der er sie begrüßte an den sandigen Nachmittagen. Die Atemlosigkeit war eine andere als die vertraute, wenn er ihr von weither entgegengelaufen kam. Eher erinnerte die Stimme an jene, mit der er, einmal, von seiner Frau erzählt und sich gefragt hatte, warum er überhaupt mit ihr noch verheiratet sei, da es sich bei ihnen weniger um eine Ehe als um bloße schäbige Gewohnheit handle, welche man erst wahrnehme, wenn es zu spät sei, so daß er inzwischen ihre lächerliche Art, ihm Ratschläge zu erteilen, überhaupt nicht mehr ertrage. Sein Unmut schien dann aber im Licht eines unvorhergesehenen Triumphs aufzuleuchten, als er fortfuhr zu berichten, wie sie, wenn es auf das Wochenende zuging, die Kerzen auf den Tisch stellte, gewählter deckte und eine aus der Mode gekommene Schallplatte auflegte in der Hoffnung, das werde das erloschene Feuer der Vergangenheit wieder entfachen, während er schon beim Hereinkommen in der

Wohnungstür riechen könne, wenn wieder die Kerzen brannten, wenn feierliche Gewürze die Erinnerung an südliche Länder heraufbeschwören sollten und wenn weitere Manipulationsversuche dieser Art, von den noch schlimmeren zu schweigen, auf ihn warteten, so daß ihm schlecht werde, bevor er auch nur den Schlüssel aufgehängt habe, und er am liebsten gehen und die Tür hinter sich zuknallen würde, was leider nicht möglich sei.

Er war der Meinung, einer jungen Frau wie Barbara stehe, da sie studiere, die Welt offen. Er hatte diese Freiheit nie gehabt, beneidete sie aber nicht darum, denn er war ein Mann und ging andere Wege.

Sie dagegen vermochte die sogenannte Welt nie als etwas zu sehen, das ihr offenstand. Alle Menschen, die sie damals kannte, übten Berufe aus, die ihr entweder unerwünscht oder unerreichbar und in jedem Fall unvorstellbar erschienen. Die Zeit der Ausbildung schien nichts als eine Galgenfrist, an deren Ende das Unbekannte wartete in der Gestalt eines Tunnels, auf welchen die Geleise zwar hinführen, in dem ein Zug aber auch zum Stillstand kommen und nie mehr das Tageslicht erblicken kann. Sie konnte sich kaum etwas anderes vorstellen als die Fortsetzung all der Provisorien, die sich vor ihr auftaten. Darum hütete sie jetzt das Kind eines älteren Ehepaars, obwohl sie mit Kindern wenig anzufangen wußte. Sie machte es gut, und die Vorstellung, daß das ihre Zukunft sein könnte, war entsetzlich. Jede Vorstellung von etwas, das ihre Zukunft sein könnte, war entsetzlich.

Sie studierte ein paar Fächer, in die junge Frauen damals wie von selbst hineinzugeraten pflegten, wußte aber nicht, was sie mit einem Wissen anfangen sollte, das sich täglich neu vor ihr auftürmte als etwas, was sie längst hätte wissen sollen und sehr bald hinter sich lassen mußte, um sich Wesentlicherem zuwenden zu können. Wenn eine Prüfung abzulegen war, legte sie eine Prüfung ab, obwohl es ihr schwerfiel und sie unvorstellbar viel Arbeit kostete. Schlimmer war, daß etwas, das sie einmal gelernt und gewußt hatte, sehr bald wieder verlorenging, so daß ihr war, als hätte sie auch das, was sie gelernt hatte, niemals gewußt. Unaufhörliche Wiederholungen des Lernens und Verlierens waren zu durchlaufen. Das jedoch, was sie noch wußte, fiel ihr nicht dann ein, wenn es zur Beantwortung einer Aufgabe nützlich gewesen wäre. Kein Tag war vergangen, ohne daß sie über die Ursachen dieses Übels nachsann, ohne je zu brauchbaren Ergebnissen zu kommen. Insgesamt waren das die denkbar schlechtesten Voraussetzungen, um irgendeinen der Berufe zu ergreifen, die ihre Kollegen anstrebten, als ergriffe man einen Beruf. Ihr schien vielmehr, daß es der Beruf war, der einen ergreifen mußte, und das geschah nicht. Nur eins wußte sie genau: sie hätte alles, was das Leben betraf, anders anfassen sollen, als es ihr möglich war. Daß eine Frau im fortgeschrittenen zwanzigsten Jahrhundert sich dermaßen in die Irre geraten ließ, war ihr unbegreiflich.

Barbara S. war in dieser Zukunft seither längst angekommen, sah auf einmal, vom Wellenschlag begleitet, den ganzen Lauf ihres Lebens vor sich oder, um genauer zu sein, hinter sich und ging, während die Sonne tiefer sank, unbeirrt weiter nach Norden. Was sie damals gedacht hatte, schien ihr so gegenwärtig, als wäre es gestern gewesen. Dabei arbeitete sie schon seit fünfzehn Jahren in einem Büro, wo sie ihre Fremdsprachen kaum und die übrigen Lernstoffe noch weniger brauchte. Sie verdiente nicht viel, und daß es eines Tages mehr würde, war nicht zu erwarten. Ihr war wohl dabei. Sie brauchte wenig zum Leben, und viel Geld zu haben, dachte sie, würde sie nur verwirren, als hätte sie etwas wie ihren vorgegebenen Lebensweg verfehlt.

Sie blieb stehen. Sie glaubte, den Umriß einer Düne wiederzuerkennen, obwohl sie wußte, daß Dünen wachsen und abreißen und fortwehen und niemals wiederzuerkennen sind. Genau hier war es, dachte sie dennoch, wo sie nachmittags ihr Tuch ausgebreitet hatte.

Sie hatte von diesem Mann damals wissen wollen, wie es war, Tag für Tag eine Arbeit zu machen wie seine. Und er hatte von Arbeit nicht sprechen wollen. Ich mache Ferien, sagte er, woraus sie schloß, daß seine Tätigkeit eine war, an die man nicht gern denkt. Er hatte mit Versicherungen zu tun, mit Kollektiven, mit Firmen, Unfällen, Abschlüssen und Leistungen. Manche von diesen Wörtern hatten sich in ihm auf eine Weise eingenistet, daß er sie auch dann gebrauchte, wenn er nicht arbeitete. Dabei hatte er erwartet, alles was seinen Alltag zur Hölle machte, würde angesichts des unablässig heranrollenden Meeres von ihm abfallen. Unbegreiflich war ihr, als sie zwanzig war, wie das, was er von seiner Arbeit dennoch berichtete, nicht nur Wochen oder Monate, sondern ganze Lebensjahre eines Menschen ausfüllt und aufbraucht. Sie konnte sich diese Tätigkeiten nur denken als eine Möglichkeit, für ein paar Monate ein Einkommen zu haben. Mehr nicht.

Dann ist es besser, wenn du jetzt gehst, hatte er in der Nacht gesagt. Sie meinte seine Stimme wieder zu hören. Mit all ihren Einzelheiten hatte sie die Jahre überdauert und war, ohne je an die Oberfläche zu kommen, unterdessen deutlicher und lesbarer geworden, während das Gesicht des Mannes in der Erinnerung nur noch verschwommene Umrisse aufwies.

Vielleicht hofft er, dachte sie sich bei diesen Worten, die Niederlage dadurch nicht bloß aufzuhalten, sondern so umzuwandeln, daß er später das Vorgefallene in einem andern, weniger peinigenden Licht sehen und, wenn erst einmal die qualvollen Wiederholungen im Kopf beginnen, die Niederlage womöglich doch als Sieg verbuchen kann. Denn war auf diese Weise nicht er es gewesen, der die Person fortgeschickt hatte, bevor sie, statt aus seiner unglücklichen Lage ihm herauszuhelfen, ihn am Ende in nennenswerte Selbstzweifel hätte stürzen können? Und fest stand, daß die Vorfreude überhand genommen und sich infolgedessen störend ausgewirkt hatte.

So viel wußte er schon, während sie noch da war, denn er zwang sich, erst eine gewisse Zeit verstreichen zu lassen, bevor er sie zu gehen bat, aus Anstand, meinte er, denn zu diesem Zeitpunkt mußte er sich geradezu mit Gewalt dazu zwingen, sie nicht sofort hinauszuwerfen, aus keinem andern Grund, meinte er, als dem, wie sie dalag. Sie lag nicht so, wie er gehofft hatte. Frauen sind, meinte er, imstande, auf eine sonderbare Weise sich hinzulegen, eigentümlich verdreht, warm, schweigend. Sie, ein halbes Kind, meinte er, das der Situation offensichtlich nicht gewachsen war, ließ sich nichts anmerken. Er war erst irritiert, dann aber froh darüber, daß sie nicht redete, und darum mußte er sie fortschicken, und zwar schnell fortschicken, bevor es doch noch zum Reden kam, damit er, sobald sie fort war, sich wieder nach ihr sehnen konnte. Denn wenn ihm in diesem Augenblick etwas fehlte, war es die Sehnsucht, und darum hatte er schon, während sie noch vor ihm und unter ihm lag und es mit seiner Sehnsucht so unerbittlich zu Ende ging, Zeit gehabt, an das zu denken, was er denken würde, wenn sie gegangen war. Die Lage im Büro hatte er im Kopf, wo das eine oder andere aus dem Ruder lief. Wenn jedoch bei der Arbeit etwas nicht stimmt, wird auch sonst nichts geraten. Und er wußte jäh, während sein Rücken schon kühl wurde, er es aber noch nicht an der Zeit fand, nach einer Decke zu suchen, daß seine Frau durchaus im Unrecht war, wenn sie meinte, stärker nach gutem Einvernehmen zu streben sei im Beruf wichtig, und daß vielmehr er, ganz im Gegensatz zu allem, was seine Frau meinte, genau das sich zu lange hatte durchgehen lassen und jetzt die Auseinandersetzung und nichts als diese suchen mußte.

Bitte entschuldige mich, sagte er, stand von ihr auf, ging ins Bad, stolperte, schaltete eine viel zu grelle Röhre an und stellte sich geblendet vor die Schüssel, in welcher abgestandene Überbleibsel kreisten. Er leerte seine Blase, obgleich, wenn er so mit dem Rücken zur Tür überhaupt etwas fühlte, es eher Durst war, der ihn bedrängte. Er stellte sich unter die Dusche, lange, denn sobald der Geruch von Angstschweiß an ihm hochstieg, wurde er von einem tiefsitzenden, unbeherrschbaren Groll befallen, so daß ihm die glasige Duschflüssigkeit, die das Hotel für ihn bereitgelegt hatte und die er sonst nie benutzte, in diesem Augenblick allzu karg bemessen schien. Ein blaßgelber Schleim war es, den er auf seinem Kopf verteilte, um ihn dann von der Dusche, welche entweder zu kümmerlich lief oder zu sehr spritzte oder beides zugleich tat, über sich hinunterspülen zu lassen. Immerhin füllte die klägliche Gallerte die Luft im Bad mit ihrem Duft so vollständig aus, daß andere Wahrnehmungen verdrängt wurden und er sich sogleich bei der Hand genommen und zurückgeschoben fühlte in die Reihen der gepflegten Männer, die wissen, was sie wollen und dann auch die dafür notwendigen Leistungen zu erbringen wissen. Ein Groll nun auch auf diesen Reinigungsschleim erfaßte ihn, dessen ungeheuerlicher, verlogener Duft sich in seiner Nase festbiß und an seinen Geschmacksknospen zerrte und den er nur aus einem einzigen Grund so lange über sich ergehen lassen mußte: er hoffte, die unvermittelt namenlos gewordene Person hinter der Tür möchte mittlerweile sich vom Boden erhoben, ihre Kleider übergezogen und das Zimmer verlassen haben. Warum, klagte er, muß ich immer an die Falschen geraten? Es ekelte ihn an, unter dieser Dusche stehen und sich wie ein Mann fühlen zu müssen, den das belebt. Er trank das leitungswarme Wasser, das aus der Dusche lief. Er ließ es sich über die Augen laufen, über den Kopf, über alles. Er verschluckte sich. Er fragte: Wie lange ist lange genug?

Er haßte Abschiede.

Auf den Boden hatte er sie gelegt, nicht aufs Holz, nein, auf einen dünnen, faserigen Bettvorleger, wie ihn in einem wirklich guten Hotel ihm niemand zugemutet haben würde. Er mußte das schließlich tun, weil das Bett so nachgiebig war, daß jeder Versuch einer genauen Berührung mit einem Zurückweichen eben dieses Bettes mitsamt eben dieser Frau darauf beantwortet wurde, was ihn zunächst mit einem angenehmen Ärger durchflutete, aber nur ein paarmal, dann hörte die Wonne auf und machte der platten Ungeduld Platz, die sich im Kopf als Befreiung, im Körper aber als Rückzug bemerkbar machte. Das vertrug er nicht. Er hatte versucht, die Frau von unten zu halten, während er sich ihr von oben näherte, wieder und wieder, und dieses Tun mitsamt dem Zurückweichen des immer weicheren Betts nun unter seinen Händen, aber natürlich immer noch mit dieser Frau darauf, erschien ihm mit jedem Male nicht nur langweiliger, sondern auch blödsinniger, und die aufkeimende Verärgerung hätte bereits bei diesem Stand der Dinge die Oberhand gewonnen, wäre ihm nicht plötzlich in den Sinn gekommen, daß sie nicht ins Bett, sondern auf den Boden gehörte, auf den unnachgiebigen, den teilnahmslosen und gewissermaßen ehrlichen Boden, daß er sie folglich auf diese jämmerliche Matte legen mußte, und zwar sofort.

Komm schneller, sagte er, wohl wissend, daß nicht sie es war, die ihn so ungehörig warten ließ, sondern sein eigener Leib, der sich beharrlich weigerte zu tun, was von ihm verlangt wurde.

Halt still, sagte er.

Ich dachte, du hättest das gern.

Er dachte: Woher willst du das wissen, entschloß sich jedoch, es nicht zu sagen, weil er in diesem Augenblick ihre Stimme nicht mehr hören wollte. Er wollte überhaupt nichts von ihr. Von sich wollte er etwas, wozu sie jedoch dasein mußte, und zwar auf die richtige und nicht etwa auf die falsche Weise. Er merkte, wie sie sich Mühe gab, den harten Boden auszuhalten. Ihn erbitterte es, wenn Frauen sich Mühe gaben. Er zweifelte nicht daran, daß sie sich binnen kurzem beklagen würde. Er haßte Frauen, die sich beklagten. Wenn sie jetzt schweigt, dachte er, dann komme ich weiter, dann geht es, und er dachte das voller Ingrimm, weil er schon fürchtete, sie werde wieder beginnen, sich Mühe zu geben.

Sei so gut und nimm die Hand weg, sagte er.

Er versuchte das freundlicher zu sagen, als er es meinte, denn er fühlte eine aus unbekannten Tiefen sich an die Oberfläche heraufarbeitende Gereiztheit, die zunächst wohl nur ein Ungenügen war, welches sich aber, kaum daß es die Hautzonen von innen berührte, in Zorn verwandelte. Ihm war das nicht unwillkommen, denn aufsteigender Zorn löst Verlangen aus und in dessen Gefolge die Notwendigkeit, es zu befriedigen, und zwar sofort. Geschah das nicht, so folgte, wie ein Schritt dem andern folgt, unausweichlich die Art von Irritation, die ihn zwang, von einer Frau abzulassen, Umwege und Finten zu ersinnen, um seinen Unwillen von neuem und so zu wecken, daß er von Erregung gerade noch nicht zu unterscheiden war. Eine Gratwanderung war das, in der es auf einen kurzen Augenblick ankam, auf den er jeweils eine kurze Hoffnung setzte, so daß auch dann, wenn eine Frau das Falsche tat, und alles, was sie tun konnte, war in diesem Augenblick das Falsche, es für den Bruchteil einer Sekunde das Richtige war insofern, als es seinen Grimm und damit seine Gier neu belebte.

Nicht jetzt, stotterte er, überwältigt angesichts der Tatsache, daß sie die richtige Sekunde wiederum verpaßt, ihn aus dem Rhythmus und damit vollends aus der Bahn geworfen hatte. Für kurze Zeit schien klar, daß sie es war, die ihn behinderte.

Sie mochte seinen Geruch nicht mehr. Er hatte sich in eine neue, ihr bis dahin unbekannte Ausdünstung verwandelt, und zwar so, daß er in ihr erst Unbehagen und dann eine ungewohnte Beißlust weckte und es ihr schwermachte, die vertrauten und freundlichen Verhaltensweisen wiederzufinden. Sie schwieg, weil sie nicht lügen und nicht verletzen wollte. Sie schwieg, weil sie dem bloßen Klang ihrer Stimme mißtraute. Sie schwieg auch, weil sie wirklich nicht wußte, was sie hätte sagen sollen.

Ein trüber Abglanz von Mondlicht sickerte durch einen Riß im Vorhang. Sonst war es dunkel.

Lange versuchte er, die Panne vor ihr zu verbergen und so zu tun, als sei alles in Ordnung und gewissermaßen bei erwachsenen Leuten immer so. Dann erst war es so weit, daß er ins Badezimmer ging, weil er Abschiede haßte.

Auch sie haßte Abschiede, aber aus anderen Gründen. Dieser Abschied, von diesem Mann in diesem Zimmer, war ihr recht und kein Anlaß, ihm zu grollen. Einem solchen Abschied auszuweichen war unnötig, und darum blieb sie liegen, bis der Mann schließlich, in ein Hotelbadetuch gekleidet, aus der Tür trat und sie vollkommen verblüfft ansah.

Willst du nicht duschen? sagte er. Er wußte nicht, wie er die Wahrheit sonst verbergen sollte. Sie schüttelte den Kopf, weil sie lieber im Ferienhaus duschen wollte, um sich danach, noch warm von der Freundlichkeit des Wassers, in ihr Bett zu legen, mit ihrer schon vertrauten Decke zuzudecken und ihre vertrauten Träume zu träumen.

In diesem Augenblick fiel der Satz, den sie seither im Ohr behalten hatte.

Dann ist es besser, wenn du jetzt gehst.

Er hielt ihr die schwere, von der salzigen Luft noch schwerer gewordene blaue Hose hin und wollte hinzufügen, er brauche seinen Schlaf, verzichtete aber angesichts der lächerlichen Unangebrachtheit der Formulierung darauf. Nicht ohne Erbitterung erinnerte er sich daran, wie hastig er diese Hose zuvor mit dem Fuß unters Bett geschoben hatte, nur damit eine Frau, die nicht nur zu jung war, sondern auch über keine nennenswerte Lebenserfahrung verfügte, es sich nicht doch noch anders überlegte und ihn unverrichteter Dinge allein ließ. Jetzt wünschte er, sie hätte es getan. Während er mit ausgestrecktem Arm ihr die kiloschwere Hose erneut hinhielt, sah er ungeduldig zu, wie sie, am ganzen Körper tiefbraun und ohne die üblichen weißen Streifen und Dreiecke und die aufdringliche Weiße des Brustfleischs, nach ihrer Unterhose zu suchen begann, womit sie länger zu tun hatte, als ihm lieb war. Sie durchwühlte alles, was dieses unnütze Bett und seine ebenso unnütze Umgebung zu einem Bett gemacht hatte. Sie ließ nicht nach mit Suchen, als könnte man nicht auch ohne Slip in eine Hose steigen. Er schloß die Augen, weil der Anblick ihrer Haut eine unbezwingliche Ungehaltenheit in ihm auslöste und er auf keinen Fall jetzt mit der Hose auf sie einschlagen wollte. Er saß mit geschlossenen Augen und ausgestrecktem Arm auf der Bettkante, bis sie schließlich aus dem tiefen Faltenwerk das Gesuchte hervorzog.

Endlich, sagte er.

Sie sah ihn an mit blauen Augen, und er haßte Augen, wenn sie um Freundlichkeit bemüht waren, während sie beide Beine zugleich in das schwarze Ding hineinsteckte, als wollte sie ihm ein Lachen entlocken. Ihm war nach Lachen überhaupt nicht zumute, und er fragte sich, warum Frauen die Dinge nie so nehmen können, wie sie sind, und statt dessen immer etwas anderes verlangen müssen.

Wieder schaute sie sich um. Jedes einzelne Kleidungsstück mußte gesucht werden, während er dasaß, die Hose in der bereits ermüdenden Rechten, und ihr dabei zusah, zähneknirschend angesichts all dessen, was eine Frau erst anziehen zu müssen meint, bevor sie ihm die Hose doch noch aus der Hand nahm und dann, bereit für den Abschied, vor ihm stand.

Ein Schlag ins Kontor, sagte er mit einem ungewohnten Lächeln.

Sie sah ihn an und wunderte sich darüber, daß sie ihn für einen guten Zuhörer gehalten hatte. War es nicht eher so, daß er selber ungern und unsicher sprach und froh war, das nicht zeigen zu müssen, so lange sie das Sprechen auf sich nahm? Sonderbar war, daß sie kaum eine Erinnerung an das bewahrte, was sie gesagt hatte. Oft hatte sie es schon Sekunden später vergessen. Alles, was ihr wichtig war, hielt sie vor ihm verschlossen. Und zuweilen war es ihr vorgekommen, während er sie ansah, als hörte er gar nicht zu und ginge vielmehr seinen eigenen Fragen und Antworten nach. Was denkst du? hatte sie nachmittags gefragt, wenn er stumm im Sand saß, dem Rauschen seiner Gedanken hingegeben. Seine Antwort hieß: Nur an dich. Dieser Dialog hatte sich wiederholt, bis sie das Fragen aufgab. Vielleicht glaubte er noch weniger als sie daran, daß man über wichtige Dinge sprechen kann.

Gute Nacht, sagte sie.

Der Himmel war voller Sterne, in der Ferne hörte sie das Rauschen der überwältigenden Meere, ein schräger Mond schien auf das Strauchwerk, das schütter und mit silbernen Reflexen die Landseite der Dünen überzog. Als sie dem Haus näher kam, hörte sie, wie das Baby schrie. Sie setzte sich in den Sand, sah zu, wie drinnen die Lichter angingen, wartete, bis sie wieder ausgingen, wartete noch ein wenig, schloß dann leise die Tür auf und ging, ohne zu duschen, gleich in ihr Bett. Der Mond schien herein auf seine schräge Weise, und sie sah ihm dabei zu. Er sah ihr ins Gesicht, als wollte er sie daran erinnern, wie man einander ins Gesicht sieht, und daran, daß es in ihrem Leben einen dritten Mann gab, welchen sie auf eine Weise liebte, wie man es täte, wenn man nur ein einziges Mal lieben dürfte. Sehnsucht in Gestalt einer unbändigen Atemnot überfiel sie, an der sie hätte ersticken müssen, wäre ihr nicht, mit sich selbst redend, wie man zu Fremden spricht, im Laufe der Nacht gelungen, sich davon zu überzeugen, daß etwas, das sie sich nur als immerwährend vorstellen konnte, wirklich zu Ende gegangen war.

Sie wünschte sich angesichts des Mondes in all den Stunden, die sie wach im Bett lag, abzureisen. Aber man reist nicht ab, wenn man nicht weiß wohin und wenn man gebraucht wird, vormittags, um das Kind herumzufahren und den Tisch zu decken und zu Mittag zu essen und zu lernen, wie es möglich ist, über die Schönheiten der Beleuchtung, wenn man sie einmal wahrgenommen hat, auch zu sprechen. Sie half am andern Mittag noch beim Abdecken und bat das Ehepaar, am Nachmittag wieder ans Meer zu gehen, da das Licht heute zweifellos ungewöhnlich sei und sie selber an diesem Tage lieber im Hause bleiben und später das Kind, wenn es ausgeschlafen habe, aufnehmen wolle.

Das komme überhaupt nicht in Frage und sei gegen die Abmachung, sagte die Frau, Barbara habe ihren freien Nachmittag am Strand mehr als verdient, und, fügte sie hinzu, das Ehepaar brauche seinen Mittagsschlaf.

Dennoch ging sie nicht aus dem Haus, legte sich ins Bett und wachte erst am andern Morgen, als ungläubig an ihre Tür geklopft wurde, wieder auf.

Sie war seit jenem Sommer nie mehr an diesem Strand gewesen. Die Jahre vergingen, und in diesen Jahren war ihr, als fingen alle an vom Licht zu reden, vom griechischen, vom afrikanischen, vom Wüsten- und vom Gletscherlicht. Kurz, unsere Welt schien voller Licht zu sein, um dessentwillen die Menschen ihre Koffer packten und sich in den Abflughallen drängten. Sie war, um genau zu sein, an keinem Strand mehr gewesen. Wenn andere ans Meer fuhren oder flogen, hatte in ihrem Leben immer etwas anderes, sehr Dringliches im Vordergrund gestanden.

Zu ihren Füßen lagen zerzauste Federn im Sand, einzeln oder in Gruppen, Flügel, ganze Vögel, schwarze, weiße und verwitterte, die vielleicht einmal braun gewesen waren. Sie hob eine Feder auf, die ganz neu aussah, schaute sie an und begann im harten Sand zu schreiben, Namen, Wörter, Sätze, Meilensteine, von denen sie wußte, daß sie schon auf dem Rückweg ausgelöscht und weggespült sein würden.

Barbara S., dachte sie, das bin ich, und sah aufs Wasser hinaus, auch damals Barbara S., immer Barbara S., während andere ihre Namen wechselten, ergänzten oder sonstwie herausputzten. Wenn sie unterwegs war, wenn sie ein Restaurant oder ein Hotel betrat, geschah es oft, daß man, statt sie gleich zu begrüßen, erst ein wenig wartete, als gebiete es der Anstand, sie nicht zu belästigen, bevor irgendein Mann, als dessen Begleiterin sie hätte gekommen sein können, ebenfalls erschien. Dieses Zögern galt als ein Akt des Respekts, den man ihr zollte in einer Welt, in der nur sehr bedeutende und sehr unbedeutende Menschen allein reisen.

Sie ging immer noch. Ein Fuß blutete, weil zwischen den Muscheln Glasscherben versteckt waren.

Neben dem lang gewordenen Schatten vor ihren Füßen erschien ein zweiter. Eine Stimme sagte: Nur eine Frage. Sind Sie aus Dortmund?

Sie lachte lange. Dann sagte sie: Warum sollte ich aus Dortmund sein?

Es war nur eine Frage, sagte der Mann.

Keine gute.

Wissen Sie eine bessere?

Sie ging schweigend weiter, obwohl sie sicher war, inzwischen bessere Fragen zu kennen. Für einen Augenblick, bevor das von jeder Welle zurückbleibende Wasser versickern konnte, spiegelte es einen rätselhaft aufgetürmten Wolkenberg. Als sie stehenblieb, um das Gesicht anzusehen, das zu der Stimme gehörte, war es nicht mehr da. Ihre plötzliche Überzeugung, diesen Mann von früher zu kennen, war ein Irrtum.

Lange brauchte sie für den Rückweg. Die Sonne tauchte in eine mehrfarbige Wolkenschicht ein, die hinter dem Horizont aufstieg. Der Mond trat über die Dünen und hielt ein forschendes Auge auf sie gerichtet.

Der Wüstling

Blaubart, sagte er leise.

Was soll das heißen?

Ich heiße so.

Blaubart heißen Männer, welche eine Frau erst heiraten, sie dann um ihrer Wißbegier willen in Stücke hacken und nicht wollen, daß die Nachfolgerin etwas davon erfährt.

So ist es, sagte er leise.

Er war ein Mann, der es fertigbrachte, mit einem schwarzen Wintermantel ohne etwas darunter in die Welt hinauszugehen, um sich, im Herbstwald angekommen, zu Boden zu werfen, im trockenen Laub zu scharren und die vielfältigen Gestalten der Baumwurzeln zu betrachten.

Warum machst du das? sagte ich eines Tages.

Was soll ich sonst machen? sagte er leise.

Willst du mich heiraten, sagte er am nächsten Tag.

Ich dachte nach, schüttelte den Kopf und sprach: Ich glaube nicht. Ich tat es trotzdem.

Er war glücklich. Er sprang auf, schlang die Arme um mich, lächelte, küßte mich, erzählte von früher, dem Gefängnis der Kindheit, den Wirren des Heranwachsens und den Verheerungen, die das Verheiratetsein im Menschen anrichtet.

Ich fragte ihn, wie oft er verheiratet war.

Was willst du von mir, schrie er. Daß ich mitzähle?

Ich schüttelte den Kopf.

Er sprach entweder viel zu laut oder viel zu leise. Ich war überzeugt, daß ich damit leben konnte. Als die Nacht vorüber war, lächelte er wieder.

Männer sind Wüstlinge, sagte er leise.

Ich schüttelte den Kopf, was er nicht sehen konnte, weil er das Laub auf dem Boden anstarrte. Es sah aus, als wollte er sich jeden Augenblick hineinstürzen.

Hör auf, mich zu quälen, fuhr er fort.

Du bist kein Wüstling.

Eine fürchterliche Falte bildete sich auf seiner Stirn. Langsam hob sich sein Blick aus dem Laub.

Du hast nie an mich geglaubt, sagte er leise.

Dann schrie er: Ich bin kein Wüstling?

Beruhige dich. Bitte.

Du glaubst also, ich bin ein Versager.

Nein.

Du glaubst es. Aber du irrst dich.

Nein, sagte ich, ohne genau zu wissen, worauf sich dieses Wort bezog.

Ich bin ein Wüstling, schrie Blaubart, und ich werde es dir beweisen.

Dann reute es ihn. Ob ich ein Wüstling bin oder nicht, geht dich überhaupt nichts an.

Ist in Ordnung, sagte ich. Schließlich hatte er mit diesem Thema angefangen, und um ehrlich zu sein, es interessierte mich nicht einmal.

Mit der Zeit begann er, in unserer Wohnung auf und ab zu gehen. Ohne Zögern verwandeln sich dann die Zimmer, kurz darauf geht die Sonne unter, rot oder gelb oder grün über dem Flachdach vor unserm Fenster, und man kann sie nicht mehr zurückholen. Bald wird es dunkel. Ich mache das Licht an. Wenn es ganz schlimm ist, bleibt das Licht aus. Er geht dann weiter, von der Tür zur Balkontür und wieder zurück in immerwährender Vorstadtdunkelheit, die unsere Luft schwer macht, aber nie ganz vollkommen ist, weil ein Abglanz unbekannten Lichts auf unserer Zimmerdecke zurückbleibt. So hängt sie nah und grau und greifbar über unsern Abenden. Unter diesem unentrinnbaren Himmel lege ich mich schlafen und bleibe wach, bis mich das Hin und Her seiner Schritte in lange Träume wiegt. Ungläubig beginne ich an rostigen Stäben zu rütteln, bis mir die Hände weh tun und der Schlüssel zu jener Kammer, die ich nicht öffnen soll, zu klirren beginnt.

Ich habe es gewußt, schrie er. Er konnte sich lange nicht mehr beruhigen.

Ich entschloß mich, die Briefkastenecke unserer Lokalzeitung um Rat zu bitten. Die Dame war gebildet. Der Blaubart von heute, schrieb sie, ist ein Augenmensch. Ein visueller Charakter, wenn Sie wissen, was ich meine.

Zum Glück wußte ich es.

Achten Sie auf Ihr Äußeres, fuhr sie fort. Pflegen Sie sich. Tragen Sie schöne Kleider, aber nicht so, daß er um sein Geld fürchten muß.

Du verstehst mich nicht, sagte er leise. Niemand versteht mich.

Widerspruch, soviel wußte ich inzwischen, würde ihn nur unglücklicher machen, weil das Wissen, doch hin und wieder verstanden oder nicht mehr als andere Leute mißverstanden zu werden, nur eins bewirkte, mehr Unglück.

Mein Optimismus, behauptete er, grenze an Leichtsinn, nicht ohne sich dahingehend zu korrigieren, daß er bereits an Frivolität grenze. Aber an was auch immer mein Optimismus grenze, er zeuge von Verantwortungslosigkeit, während er, sagte er, in Schuldgefühlen zu ersticken drohe.

Er schaute mich abwartend an und nickte, als ich ihm nicht zu helfen wußte.

Du hast es gut, sagte er leise. Wie hältst du das aus?

Es war wieder Herbst, und er begann, aus Kehrrichtsäcken trockene Blätter auf dem Boden auszuleeren, damit er nicht mehr hinausmußte.

Pflegen Sie sich wirklich? vergewisserte sich die Briefkastenecke nach meinem zweiten Brief. Eine weitere Frage folgte: Lesen Sie ihm seine Wünsche von den Augen ab?

Haben die Frauen heutzutage, sagte Blaubart leise, eigentlich nichts anderes zu tun, als sich über Männer aufzuregen?

Doch, sagte ich. Das war eine Antwort, die auf keine Weise in den Dialog paßte.

Ihr haltet uns für Wüstlinge, fuhr Blaubart fort, wenn wir mehr Aufsichtsräte haben als ihr.

Ich schüttelte den Kopf, vergeblich, da er den seinen gesenkt hatte.

Auch wer einer Frau in den Mantel hilft, gilt heute als – nun ja, flüsterte er.

Ich schüttelte wieder den Kopf.

Er starrte, nunmehr geradezu hemmungslos, in die Blätter.

Was wollt ihr eigentlich von uns, fragte er. Hinter ihm lag ein Stapel mit Sachbüchern aus verschiedenen Regionen des erweiterten Mitteleuropa. Darin, sagte er, könne ich schwarz auf weiß lesen, daß die Frau den sanften Mann überhaupt nicht wolle. Sie fordere ihn bloß. Nehme aber der Mann sich die Mühe, so sanft zu sein, wie sie es fordere, gieße sie Hohn über ihn aus und laufe davon mit dem nächstbesten Grobian, dem sie in die Hände falle.

Ich weiß nicht, wovon du redest, sagte ich.

Er zog seinen Mantel enger um sich und hielt ihn mit beiden Armen fest. Dabei senkte er den Kopf, um zu mir aufzusehen. Es war ein attraktiver Wintermantel, etwas zu groß und aus teurem Stoff gemacht. Er reichte ihm bis zu den Fußgelenken. Wenn ich mich setzte, kam er heran, legte seinen Kopf in meinen Schoß und klagte mit geschlossenen Augen.

Belästigen Sie ihn mit Kleinigkeiten, wenn er müde ist? gab bei diesem Stand der Dinge die Briefkastenecke zu bedenken. Lassen Sie das.

Ich stand beim schmutzigen Geschirr, er saß am Tisch und schaute.

Ich bin kein Wüstling, sagte er. Ich bin wie alle. Ich bin vollkommen normal.

Ich hielt das für eine Gelegenheit, ein paar Fragen zu stellen, die mir im Kopf herumgingen.

Heißt das erstens, daß alle so sind wie du? fragte ich.

Nein, sagte er leise.

Oder heißt das zweitens, daß alle Männer normal sind?

O nein, sagte er noch leiser.

Dann schrie er: Was willst du damit sagen.

Das weiß ich noch nicht, sagte ich. Ich habe nur etwas gefragt.

Mein letzter Versuch, Rat von außen zu holen, wurde folgendermaßen beantwortet: Fragen Sie sich einmal, was er bei Ihnen nicht findet. Haben Sie eine Persönlichkeit? Das muß man schon haben.

In seinem Mantel hingen Reste von zerdrückten Herbstblättern, schweigend sah er zu mir herüber und schlug mit den Armen auf und ab, als wollte er mir ein für allemal beweisen, daß er nicht fliegen konnte.

Als seine Ärmel wieder still zu beiden Seiten herabhingen, faßte ich mir ein Herz und fragte ihn nach dem wahren Grund dafür, daß seine Frauen sterben mußten.

Bist du vergeßlich? sagte er. Oder willst du mich nicht verstehen?

Ich will es wissen.

Wissen. Das ist alles, was du willst. Und wo bleibt das Gefühl? Warum sagst du nichts mehr?

Mir waren die Worte im Hals steckengeblieben, ich konnte es aber nicht sagen. Ich wollte es auch nicht.

Sieben Frauen, sagte Blaubart, wenn du es unbedingt wissen willst. Erst muß man sie heiraten und dann um ihrer Wißbegier willen in Stücke hacken. Und dann muß man verhindern, daß die Nachfolgerin etwas davon erfährt. Du brauchst mich nicht anzustarren. Es ist das erste, was ich dir gesagt habe.

Das war nicht wahr. Ich hatte es damals gesagt. Geglaubt hatte ich es nicht.

Wenn du darauf bestehst, sagte er leise, sage ich es noch einmal.

In deutlichen Worten formulierte er seine Überzeugung, daß kein Mensch, der ein Kapitalverbrechen begangen hat, anders handeln würde, als er gehandelt hatte. Ein solcher Mensch muß alles daran setzen, seine Tat geheimzuhalten, auch wenn das weitere Kapitalverbrechen bedeutet.

Was er sagte, war von unwiderstehlicher Logik, was mich

um so mehr überraschte, als ich von einem Mann, der Schleifspuren im Herbstlaub hinterläßt, und zwar in einem Wintermantel ohne etwas darunter, gewöhnlich nicht das gewöhnliche Maß an Logik erwarten würde. Andererseits war, was ich hörte, zwar logisch, aber nicht das gewöhnliche Maß an Logik. Es ging weit darüber hinaus. Nur an einem einzigen Punkt hatte die Gedankenkette eine Lücke, ihren schwachen Punkt sozusagen, und zwar gleich an ihrem Anfang. Denn wenn jede Frau irgendwann dahinterkam, wie ihre Vorgängerin es angestellt hatte, ihren Mann zum Witwer und dergestalt frei zu machen für neue Lebensphasen, und daß sie dafür, ganz wie es abgemacht war, mit dem Tode zu büßen hatte, wie hatte es je dazu kommen können, daß er zum erstenmal Witwer geworden war? Als es jene berüchtigte Kammer, in welcher die Leichtenteile in ihrem Blut schwammen, noch nicht gab, konnte die Frau, die Blaubarts erste Frau war, sie auch nicht aufstöbern. Nach den Regeln hätte sie gar nicht sterben dürfen.

Du willst mich nicht verstehen, sagte Blaubart.

Nächtliche Heimkehr

Die Turmuhren über der Stadt hatten Mitternacht geschlagen, und als die letzte Straßenbahn sich in Bewegung setzte, staunte ein Mann, der sich in die letzte Bankreihe gesetzt hatte, darüber, daß so wenige Menschen mitfuhren. Er schaute die Rückseiten der vor ihm Sitzenden an, Haare, Nacken und Schultern von unterschiedlicher Art, dann aus dem Fenster, wo die schon ein wenig eingeschlafene Stadt an ihm vorbeizufahren begann. Die Welt erschien ihm in diesem Augenblick auf wunderbare Weise geordnet und ungestört, denn er befand sich in einem auf wunderbare Weise geordneten Land, in dem man weder Einschußlöcher noch Exekutionen zu sehen bekam, er hatte einen lange entbehrten Freund wiedergesehen, eine erfrischende Nacht in der Wohnung eben dieses Freundes verbracht, der dann bereits vor dem Frühstück in sein Büro gefahren war, während er selber noch, als hätte er jede Zeit dieser Welt (und er genoß es, daß er sie in diesen wenigen Tagen tatsächlich hatte), in Papieren geblättert und aus dem Fenster in die fast ländliche Vorstadtstraße hinausgesehen hatte. Er war dann, während eine unvergleichliche Aprilsonne in lauter aufbrechendes Zartgrün und in üppige gelb, weiß und rosa aufgetane Blütenschleier fiel, mit einer Straßenbahn aus den Außenbezirken ins belebte Innere der Stadt gefahren, wobei die Vorgärten von Station zu Station kleiner wurden und schließlich ganz aufhörten, hatte in der Stadt zwei Büros aufgesucht und seine Wege zu Fuß zurückgelegt, um die Schönheiten der Altstadt zu bewundern. Er hatte mit alten Freunden aus seiner Heimat einen Abend mit Essen und vertrauensvoll nachdenklichen Gesprächen verbracht, die in liebenswürdigem Gegensatz standen zu seinem gewohnten Nachdenken über all jene beängstigenden Ereignisse, welche tagtäglich in der Zeitung stehen oder nicht in der Zeitung stehen, war dann, in Gedanken immer wieder zu diesen Gesprächen zurückkehrend, um sie einerseits bei sich weiterzudenken und andererseits Folgerungen für seine berufliche Zukunft aus ihnen zu ziehen, in den Parkanlagen am See auf und ab gegangen, hatte, angenehm gesättigt, lange ins Wasser geschaut und war schließlich, als wäre es die selbstverständlichste Sache von der Welt, in die Straßenbahn eingestiegen genau da, wo er sie am Vormittag verlassen hatte, bei einer Wendeschleife, von wo sie wieder aus der Stadt hinausfuhr.

Plötzlich, während er ganz ungestört im Kunstlicht saß, auf die Fahrgeräusche horchte und in die von der Straßenbeleuchtung aufgelöste Dunkelheit hinausschaute, stellte er, als die Bahn zum erstenmal anhielt und niemand aufstand, fest, daß er nicht wußte, wo er aussteigen mußte. Er war überzeugt, daß er beim Näherkommen die Haltestelle wiedererkennen würde, auch wenn er ihren Namen nicht kannte. Er täuschte sich. Keine von den Stationen, auf die er im Dunkeln zufuhr, glich derjenigen, bei der er eingestiegen war. Wenn die Bahn sich jedoch wieder in Bewegung setzte, war ihm jedesmal, als hätte er soeben den richtigen Augenblick versäumt. Die Strecke hatte alle Heiterkeit eingebüßt, die sie am Morgen so großzügig ausgestrahlt hatte. Ihm schien, er sei bereits viel zu lange gefahren. Er stieg aus.

Er überquerte die Schienen auf die Weise, wie er es am Morgen getan zu haben glaubte, und erkannte nichts wieder. Als auf diese Weise klargeworden war, daß er sich am falschen Ort befand, blieb er stehen und überlegte, was zu tun sei. Er brauchte ein Taxi und hatte dafür genügend Geld bei sich. Auf der einen Seite der Straße standen einzelne Häuser, auf der andern Gehölze und ein gelegentlicher Acker. Autos schienen um diese Zeit hier kaum noch zu fahren, und daß ein Taxi vorbeikam, war nicht zu erwarten. Er mußte telephonieren. Er schaute die Straße hinauf und hinunter und gab die Hoffnung auf, an dieser nahezu ländlichen Fahrbahn eine

Telephonzelle zu finden. Die Lichter in den Häusern waren erloschen. Was zuvor gepflegt ausgesehen hatte, schien jetzt abweisend. Einen Augenblick hoffte er, die Straßenbahn würde zurückkehren, und wußte, daß das nicht nur unmöglich war, sondern auch nichts nützen würde. Denn als er unter einer Straßenlampe stehenblieb und in seine Brusttasche griff, erinnerte er sich, daß er sein Adreßbuch und seine Agenda in der Annahme, er werde sie in der Stadt nicht brauchen, im Hause seines Freundes auf dem Schreibtisch zurückgelassen hatte, so daß er weder dem Taxifahrer noch sonst jemand hätte sagen können, wohin er fahren wollte. Er kannte die Hausnummer nicht, den Namen der Straße nicht und wußte auch nicht, in welcher Ortschaft sich diese Straße, die er zweifellos wiedererkennen würde, befand. Er hatte plötzlich den Wunsch, sich auf den Boden zu setzen, blieb aber stehen. Die Düfte des Vorfrühlings, das Rascheln des ersten Blattwerks und das viele vom Kunstlicht entfärbte Grün waren jetzt nicht mehr der Ausdruck einer freundlichen Welt. Sie erschienen ihm vielmehr als die feindselige Kehrseite all dessen, was ihn zuvor beglückt hatte. Er selbst war nicht der gleiche Mensch, den er bis zu diesem Augenblick gekannt hatte. Er war ein ganz anderer, ein Fremder, der nicht wußte, wie er die Nacht zubringen konnte. Er begann langsam auf die Stadt zuzugehen, die unter ihrem gewohnten leuchtenden Abgasschleier lag, in der Annahme, zu einem Restaurant zu gelangen, in welchem er das Telephon hätte benutzen können, um trotz allem ein Taxi herbei- oder zu Hilfe zu rufen. Das Restaurant, bei dem er schließlich anlangte, war wie alle Wirtshäuser um diese Zeit geschlossen.

Aber er sah, wie zwei menschliche Gestalten auf dem Feldweg vom Hügel her gegangen kamen, die Richtung zum Parkplatz einschlugen, auf welchem noch ein einziges Auto stand, und auf dieses Auto zugingen. Er hatte sich bereits in Bewegung gesetzt, ebenfalls auf dieses Auto zu, und indem er seinen Schritt beschleunigte, gelang es ihm, dort anzukommen, bevor der Mann und die Frau eingestiegen waren. Beide waren noch jung und sahen überaus irritiert aus, als er »Guten Tag« sagte und um Hilfe bat.

Der junge Autofahrer schien geradezu erleichtert, als sich zeigte, daß die Hinweise des Fremden auf seinen Wohnort so spärlich waren, ja, im Grunde aus nichts bestanden und folglich auch zu nichts führen konnten, daß also das Suchen nach seiner Unterkunft vollkommen aussichtslos schien und es gar nicht lohnte, überhaupt damit anzufangen. Er schloß kurzerhand die Tür des Autos auf und stieg ein.

Der Fremde blieb stehen, ratlos und stumm. Er sah, als wäre er jetzt außer sich, was diese beiden Menschen sahen: einen nicht mehr jungen, nicht zu groß gewachsenen Menschen ohne Adreßbuch, ohne Agenda und ohne Erinnerung, der außer »Guten Tag« und »Danke« kein deutsches Wort kannte, sich mit schwarzweißen Augen in einem unter dem fahlen Licht wohl schwarzen Gesicht hilfesuchend umsah und in einem Englisch, dem anzumerken war, daß er es nicht als Muttersprache gelernt hatte, fremde Menschen ansprach, wenn sie in ihr Auto steigen wollten.

»Es sah alles vollkommen anders aus«, sagte er in seinem besten Englisch. »Heute morgen.«

Die Frau ließ den Türgriff los und trat auf ihn zu: »Gibt es etwas, woran Sie sich erinnern?«

Er dachte nach. Er erinnerte sich an eine Baumgruppe neben der Haltestelle.

»Was noch?« sagte die Frau.

»An einen Blütenstrauch und daran, wie seine Äste geformt waren.«

»Was noch?«

»Eine Gartenwirtschaft«, sagte er. »Die Sonnenschirme waren geschlossen.«

»Ja«, sagte die Frau. »Noch etwas?«

»Und ein Schild wie für ein Krankenhaus.«

Die junge Frau sprach mit ihrem Mann, der inzwischen den Zündschlüssel gesteckt und das Fenster ein wenig heruntergelassen hatte. Dann bat sie den Fremden einzusteigen.

Sie fuhren eine Weile, bis sie an ein solches Schild kamen. Er sah zum Fenster hinaus und schüttelte betrübt den Kopf, als die Frau sich fragend zu ihm herumdrehte. Das Auto wurde gewendet, sie fuhren in der andern Richtung, und schließlich tauchte es vor ihm auf, das richtige Schild, an der richtigen Haltestelle, von wo der Weg in die richtige Straße und vor das richtige Haus führte. Das Gesicht der Frau leuchtete vor Freude.

»Danke«, sagte er, leise, weil ihm schien, daß das Wort sich nicht wirklich eignete, das auszudrücken, was er sagen wollte. Ein besseres fiel ihm nicht ein. Sich zu verabschieden schien ihm in diesem Augenblick jedoch eine sehr feierliche Handlung. Beide reichten ihm die Hand, der Mann und die Frau.

Er sagte: »Bleiben Sie so, wie Sie jetzt sind.« Und er sah, daß es das richtige Wort gewesen war.

Er ging zur Haustür. Das Auto blieb stehen, bis er den Hausschlüssel, den er zu seiner Verwunderung noch in der Manteltasche vorfand, ins Schloß gesteckt und die Tür geöffnet hatte. Dann setzte es sich in Bewegung und fuhr ohne Eile davon.

Kein Engel

Wenn ich am vierundzwanzigsten Dezember nach den Bürostunden und allerletzten Einkäufen um halb drei schwer beladen nach Hause komme, hat mein Sohn mit überwältigender Gründlichkeit aufgeräumt. Er ist in einem Alter, da man einen Weihnachtsbaum schon selbst auszusuchen und nach Hause zu schaffen vermag. Wir haben deshalb immer sehr große Weihnachtsbäume.

Der Baum stand solide verankert in seinem Fuß, ich im weihnachtlichen Regenmantel in der Tür und mein Sohn auf einer Leiter, wo er darauf wartete, daß ich ihm die Schmuckstücke hinaufreichte. Wie ein Chirurg, der Schere und Tupfer verlangt, bat er um Bestimmtes. Als alles fertig und festlich erleuchtet war, legte er eine etwas ungewöhnliche Weihnachtsmusik auf, und wir packten mit großem Vergnügen unsere Geschenke aus. Dazu tranken wir luxuriöse Säfte und aßen das Selbstgebackene, das in den allersichersten Verstecken die Vorweihnachtszeit überlebt hatte.

Gegen halb fünf nickten wir uns zu, zogen warme Sachen an und griffen nach geheimnisvollen Taschen, um zu seinem Vater zu gehen. Sein Vater gibt nichts auf sinnentleerte Formen, aber für uns, seine ehemalige Familie, hat er immer einen Weihnachtsbaum und kalte Häppchen bereit. Die Kerzen brennen, wir überraschen uns mit Geschenken und essen, bis es sechs ist.

»Ich muß gehen«, sage ich dann zu meinem ehemaligen Mann, denn seine Eltern erwarten mich mit einer Flasche Wein und einem reizenden, in Lamettaschauern fast erstickten Bäumchen, dessen Kerzen den ganzen Tag brennen, weil sie elektrisch sind. Sie warnen mich vor den gefährlichen Wachskerzen.

»Nur ein Glas«, sage ich. Trotz unserer langjährigen Verabredung, keine Geschenke zu machen, wickeln wir, Entschuldigungen murmelnd, Päckchen aus. Und weil ich keine Gelegenheit mehr habe, das Geheimnis weiterzusagen, verraten sie mir, was sie ihrem Sohn und meinem Sohn schenken wollen, die am nächsten Tag bei ihnen Weihnachten feiern werden. Wir erzählen einander, wie es uns geht, wie das vergangene Jahr war und wie das kommende sein wird, und dann begleite ich sie ein Stück auf ihrem Weg ins Konzert.

Kurz nach sieben bin ich bei meiner Freundin. Keine Geschenke, kein Cognac, kein Weihnachtsbaum. Ich gehe gern zu ihr, denn sie ist längst nicht so einsam, wie sie aussieht. Es ist nur so, daß sie Weihnachten gern für sich bleibt, und es macht mich glücklich, daß sie mich trotzdem sehen will.

»Halbzeit?« sagt sie.

Unbeschreiblich erfrischt gehe ich nach einer halben Stunde weiter.

Auf dem Weg zu meinen Eltern komme ich zu einem alternden vierstöckigen Gebäude, wo ganz oben ein Bruder meiner Mutter wohnt, der am ersten Weihnachtstag zwar zu meinen Eltern geht, seit seine Frau gestorben ist, am Heiligen Abend aber in eine Trübsal verfällt, die er vor aller Welt geheimhält. Vor zwei Jahren habe ich es herausgefunden.

»Es ist schön, daß du kommst«, sagte er. Seine Augen strahlten. »Wann mußt du weiter?«

»Noch nicht.«

Ich trank einen doppelten Steinhäger um seinetwillen, weil er sich angewöhnt hatte, für sich allein die Flasche nicht aus dem Schrank zu nehmen. Sie stand schon auf dem Tisch, als ich kam. Ich rauchte ein Zigarillo mit ihm, obwohl ich sonst nicht mal Zigaretten anfasse. Er wartete mit sichtlichem Vergnügen darauf, daß mir schlecht wurde, aber ich hielt mich gut.

»Hoffentlich ist es so gut wie das letzte«, sagte er, als er das Buch auspackte, das ich ihm mitgebracht hatte. Er berichtete von all seinen Krankheiten und fügte hinzu, es gehe ihm gut.

Als ich mich verabschiedete, blies er die Kerze aus und stellte sie mit der Flasche in den Schrank zurück.

In der Wohnung meiner Eltern duftet es noch immer so wie vor vierzig Jahren. Ich habe einen kleinen Weihnachtsbaum mitgebracht und helfe meiner Mutter, den Schmuck von früher daran festzumachen. Sie fürchtet sich seit ein paar Jahren, auf Stühle oder eine Leiter zu steigen. Noch mehr fürchtet sie, ihren Mann hinaufsteigen zu sehen, und ich beglückwünsche sie jedesmal zu ihrer Vorsicht. Die Kugeln sind von einer zu Herzen gehenden einzigartig schönen Blindheit, wie sie nur durch lebenslangen Gebrauch und die lebenslange Erinnerung an frühere Freuden zustande kommt, und ich wehre mich entschieden dagegen, daß etwas Neues angeschafft wird.

Weihnachten ist das Fest der Freude, der Familie und der Verantwortung. Jetzt, da sie zu müde ist, um selber ein vollständiges Weihnachtsfest auszurichten mit allem, was dazugehört, klagt meine Mutter darüber, wie schwer es war, uns Kinder so zu beschenken, daß es gerecht schien. »Unmöglich war es«, sagt sie. Sie ist untröstlich, und jedes Jahr mehr.

»Warum erst heute«, sage ich.

»Ich war es immer«, sagt sie.

Heute ist meine Schwester im Ausland, mein Bruder feiert die Feste bei seinen Schwiegereltern, und darum bin ich die einzige, die am Heiligen Abend in der Wohnung, wo ich ein Kind war, am runden Tisch sitzt und Kartoffelsalat, Vanillehörnchen und den Bildkalender fürs nächste Jahr rühmt.

Dann sitzen wir an diesem runden Tisch, mein Vater lächelt, und meine Mutter macht sich Sorgen, weil sie früher kein Geld hatten, um mir meine Kinderwünsche zu erfüllen.

»Es war wunderschön!« sage ich. Ich war wirklich gern ihr Kind und wünsche mir, daß sie es glaubt.

»Sie sind spät dran in diesem Jahr«, sagte die Frau, die unter uns wohnt und am Heiligen Abend nie zu Bett geht, bevor ich hereingeschaut und mit ihr ein Glas getrunken habe. »Keinen Wein«, sagte ich. Wir stießen trotzdem an. Ich erzählte, wie es meiner Familie ging. Sie hatte keine Familie und erzählte zwei oder drei Witze, welche, weil Weihnachten war, im Himmel spielten.

Es muß längst elf sein, als ich wieder zu Hause bin. Ich schließe die Wohnung auf. Ein Licht brennt im Wohnzimmer. Bruno ist schon da und genießt die Stille. Bruno ist der Mann, den ein glücklicher Zufall vor ein paar Jahren vorbeigeschickt hat, damit ich die Feiertage und andere glückliche Stunden während des Älterwerdens nicht mehr allein feiern muß.

»Es ist Mitternacht«, sagt er.

Das Essen wartet im Ofen. Es duftet. Wenn wir satt sind, machen wir das Licht aus und zünden miteinander die schon halb heruntergebrannten Kerzen an. Sein Gesicht leuchtet nach und nach auf im Flackern der Lichter. »Fröhliche Weihnachen«, sagt er dann. Stumm lehnen wir uns zurück und schauen uns an, bis es dunkler zu werden beginnt und wir Wetten abschließen auf die Kerze, die es bis zuletzt schafft. Die Schatten an der Decke treten um so deutlicher hervor, je mehr Kerzen verlöschen. Sie bilden geheimnisvolle Sterne und Nester und schwanken, bis es ganz dunkel wird.

»Du hast gewonnen«, sagen wir.

In einer fremden Stadt

Es ist nicht gut, daß wir Frühling haben, sagte die Stimme in meinem Kopf, welche hin und wieder zu mir spricht, wenn sonst niemand da ist, mit dem ich ein Wort wechseln könnte. Ich nickte mit dem Kopf. Sommer sollte es sein wie damals, auf den Abend sollte es gehen, sinkender Jasminduft gehört dazu, Stimmen, etwas Sanftes, nicht diese klirrende Ostlichtluft, sagte ich zu mir, ein wenig atemlos vom Steigen, da ich im Flachland zu Hause bin. Ich blieb stehen, wo das steile Stück der unteren Straße sich auf die Seite bog, als müsse sie Platz machen für eine andere, noch schmalere, noch schattigere, die mit noch mehr stillen Echos von der Seite her einmünden wollte. Sie waren alle gepflastert mit groben Steinen, wie man sie vor Jahrhunderten verwendet hat. Ein Ort für Menschen, die gut zu Fuß sind.

Ich war hergekommen, um mir ein Bild zu machen vom Alltag einer berühmten Frau, die lange in dieser Stadt gelebt hatte und vor Jahren darin gestorben war. Ich kannte Photos von ihr, wie sie am Flügel saß und Musik hörte. Das letzte war mir vor wenigen Wochen in meiner Tageszeitung aufgefallen. Es zeigte in einem Garten eine gebrechliche Dame mit sehr aufmerksamen Augen, die mich so eindringlich ansahen, daß ich den Zeitpunkt versäumte, wo ich noch hätte weiterblättern und sie vergessen können. Statt dessen fiel mir auf, wie ich unverzüglich die Welt mit ihren Augen zu sehen und mit ihren zerbrechlichen Füßen darin herumzugehen versuchte. Ich hatte vor kurzem von einer Lebensphase Abschied genommen, und bevor ich mich in der neuen ganz zurechtfinden konnte, wußte ich, daß ich das noch öfter würde tun müssen, und diese Aussicht ängstigte mich, obwohl es sich dabei, von einem plötzlichen Tod einmal abgesehen, um eine

Binsenweisheit handelt, die einer erwachsenen Person geläufig sein und keinen Schrecken auslösen sollte. Versuchsweise die Gangart einer späteren Phase einzuschlagen schien mir eine Möglichkeit, das Dunkle der Zukunft ein wenig aufzuhellen. Zugleich wußte und fürchtete ich, daß ich in ihrem Alter nicht ihre Gangart und ihre Blickrichtung auf diese Welt haben würde. Aber als mich kurz darauf der Herausgeber einer Zeitschrift fragte, ob ich etwas über ihr Leben schreiben wollte, sagte ich zu, obwohl mein Arbeitsgebiet die visuellen Künste sind und ich von Musik kaum etwas verstehe. Das sei nicht nötig, sagte der Herausgeber. Ich hörte erst eine Menge Schallplatten, hörte sie oft, wobei sie sich jedesmal veränderten, las noch mehr Zeitungsausschnitte und machte mich dann auf die Reise.

Nun war ich in dieser fremden Stadt, welche sich zu unsern Lebzeiten sehr ausgebreitet und, die Bequemlichkeiten der Ebene nutzend, ein ganz anderes Stadtbild entwickelt hatte, als ihr ursprünglich zugedacht war. Die Ebene interessierte mich nicht. Jahrhundertelang war sie etwas Besonderes gewesen, eine Stadt auf einem Berg, weithin schauend, nach Norden, nach Süden und überallhin, machtvoll, geduldig, uneinnehmbar, eine Stadt, von der man wegen ihrer bei aller Steilheit komfortablen Lage auf dem Hügel sagt, sie habe ihre Eroberungen im Sitzen gemacht. Ich war vor zehn oder zwanzig Jahren schon einmal in dieser Stadt gewesen, erinnerte mich an die Vielfalt des Blicks, in die Ebene, zu den Hügeln und auf den malerisch unbekömmlichen Dunst über der Großstadt im Westen. Jetzt freute ich mich, sie wiederzusehen, weil sie mir gefallen hatte. Vor einer Stunde war ich mit dem Nachtzug angekommen und seit fünf Minuten unterwegs in den steinernen Gassen, die sich eng und kühl und nahezu menschenleer in schrägen Winkeln den Berg hinaufziehen, einer Toten auf der Spur. Den Zettel mit ihrer Adresse und den Stadtplan hatte ich in die Tasche gesteckt, um erst einmal selbst zu sehen und um mehr zu sehen und weil ich im Gegensatz zu meinem letzten Besuch viel Zeit hatte. Ich wollte einfach herumgehen und herausfinden, wie es war, in diesen Straßen herumzugehen. Wenn mich der Zufall nicht zu dem Haus führte, in welchem sie gewohnt hatte, konnte ich mich später immer noch darum kümmern. Außerdem schien es mir unangemessen, eine vertikale Stadt mit einem horizontalen Plan zu betreten.

Ich schaute mich um. Ein halbes Dutzend Kinder rannte vorbei, lachend, bergauf, um die Wette und paarweise, indem sich jeweils zwei mit einem Schnupftuch die Fußgelenke zusammengebunden hatten. Mir war, als sähe ich sie nicht zum erstenmal, und nicht nur, weil ich sofort begriff, worum es bei diesem Spiel ging. Ich zweifelte aber daran, daß das Bild eine tatsächliche Erinnerung wiederholte. Die Kinder von damals waren längst erwachsen, und wir sollten uns hüten vor der menschlichen Seele, die gern und voreilig Verbindungen herstellt, wenn ihr damit ein Wunsch erfüllt wird.

An Straßen und Richtungen erinnerte ich mich nicht. Statt dessen kamen mir Fensternischen und der Verlauf von Rissen im Mauerwerk bekannt vor. Undurchsichtige Trauer schien sich in ihnen abzubilden. Für einen Augenblick malte ich mir aus, wie die Pianistin über diesen kleinen Platz gegangen war, zum Zeitungsladen oder zur Bäckerei gegenüber, den Blick am Boden, wo hin und wieder Zigarettenreste in den Ritzen des Pflasters lagen. Ich erkannte die Ritzen, die Zigaretten, die Art, wie sie halb geraucht waren. Man muß aufmerksam gehen, um nicht zu stolpern auf dem holprigen Grund, darauf achten, wie die Kopfsteine unter den Füßen liegen, nicht vorauseilen, jeden Schritt bedenken mit einem gewissen Ernst, als käme es auf ihn an.

Die menschlichen Knochen sind zerbrechlich, wenn sie älter werden, dachte ich und begann meine Füße so zu setzen, wie sie es vielleicht getan hätte, mit jedem Schritt prüfend, ob das Eis noch hält. Während ich so ging, hatte ich eine völlig veränderte Vorstellung sowohl von Dingen, die ich tun konnte, als auch von denen, die ich nicht tun konnte. Ich glaubte, eine schwere Wohnungstür ins Schloß zu drücken. Ich erwartete, im nächsten Augenblick zur Begrüßung die Stimme eines Mannes zu hören und ich erwartete, in dieser Stimme auch den Ton zu hören, der sie seit Jahren verläßlich gemacht hatte. Mir war, als entferne sich meine Erinnerung von mir, um Eingang zu finden in das Leben von Fremden. Mir war, als hätte ich diese Kinder, die jetzt einzeln und mit fliegenden Armen wieder heruntergerannt kamen, schon in der Wiege gekannt und mir fielen nur, weil ich alt und vergeßlich geworden war, ihre Namen nicht ein. Mir war, als hätte ich die eigene Zeit verlassen, und obwohl meine Füße noch in ihr standen, schien meine Wahrnehmung in eine andere eingetreten zu sein. In Wahrheit hatte ich vielleicht ein halbes Leben vor mir. Soviel Vergangenheit begann mich zu erschrecken. Wo bleibt die Zukunft, sagte ich, und es wurde mir plötzlich lästig, die Welt um mich herum anzuschauen mit diesem Blick einer Altgewordenen, mit einem Blick, der nichts mehr vor sich hat, der nur zurückschaut oder bestenfalls der Person, die vor ihr steht, unmittelbar ins Herz, wie es die hellen Augen der Pianistin auf ihrem letzten Photo taten.

Es gab andere Bilder. Ihre Haare waren sehr weiß. Bei der Arbeit machte sie die Augen zu. Sie geriet außer sich, wenn sie die Musik sterbender Männer spielte. Schon im Morgenlicht letzte Mazurken. Sie stützte sich beim Gehen auf einen Stock. Ihre Hände waren frei von Gebrechen, aber ihr Kopf, hieß es, habe sich außer Musik nichts mehr merken können. Ich stellte mir, während ich weiterging, vor, daß sie unablässig am Flügel saß und sich die Noten wenden ließ, ohne je auf die Blätter zu schauen.

Durch geschlossene Fenster drang wechselnde Musik, mehr als in andern Städten und anders, Flöten, Chöre, Nachtstücke und das übliche aus dem Radio. Die Stadt war auffallend schön. Zu ebener Erde oder hinter wenigen Stufen lagen unnachahmliche Eingänge, schlicht und herrschaftlich, Klingelknopfzeilen ganz neu aus teuren Metallen, mit guten Namen, exklusiven Berufen, Titeln und Gegensprechanlagen in durch und durch spätmittelalterlichem Ambiente. Ingenieure und

Juristen, Ärzte, kaum Geschäfte, schien mir, nur wenige Zugeständnisse an die Touristen, obwohl man wußte, daß sie in großer Zahl kommen würden. Reichtum, dachte ich, ob wir ihn nun in Schlössern bewundern oder in Kirchen, ist meistens gut anzusehen, und besonders gut in renovierten Städten. In dieser war es, seit ich sie zum letztenmal gesehen hatte, noch schöner geworden.

Ich tat ein paar Schritte, mein Blick stockte angesichts von Einzelheiten, die er wiederzuerkennen glaubte, eine weggeworfene Büchse, zerknüllte Papiere, in all den Jahren von keinem Wind weggeweht, in einem Fenster Zeitungen mit ihren Schlagzeilen und Photos, als wäre das Karussell stehengeblieben. Das gibt es nicht, sagte ich mir. Aber wenn ich mit jedem Schritt wußte, genau hier bin ich gegangen, über dieses abschüssige Pflaster, damals abwärts, so gab es daran nichts zu bezweifeln. Alles stimmte. Um diese Ecke mit diesem Sims wollte ich biegen, und hier habe ich an etwas gedacht, von dem ich wußte, daß ich es nicht vergessen würde. Nein, es war anders. Hier habe ich mich erinnert, genau hier, bei diesem Wegerich, der seine Wurzeln in den Winkel zwischen Straße und Mauervorsprung gesteckt hat. Damals war auch ein Wegerich da, vielleicht ein anderer, der gleich aussah. Wegerich, glaube ich, gleicht der Liebe und wird kaum so alt wie wir. Eine intensive Erinnerung war es in jenem Augenblick, eine körperliche Erinnerung, eine Erinnerung bis auf den Grund, so daß mir für eine Weile der Atem wegblieb. Ich wußte nicht, ob mein Herz noch schlug. Was nun? dachte ich. Ein und aus? Oder aus und ein? Zugleich stieg von der Straße, von den Kopfsteinen und ihren immer anderen Ritzen die verwirrende Frage auf, was man tun müßte, um weiterzugehen. Ich hatte keine Ahnung, welches Bein ich nehmen und was dieses Bein tun sollte. Plötzlich wußte ich, wie sich das damals angefühlt hatte. Ich fühlte es wieder. Ein Moment der Erinnerung war dieses Stehenbleiben gewesen, heftiger Erinnerung an etwas heftig Vergessenes, falls es das gibt. Wohl kein Lächeln. Augen waren es, Augen mit einem kurzen Erstaunen und einer Frage, die nicht aufhörte. Unverwandt fragende Augen in einem Gesicht und kein Lächeln und weit weg. Viel Raum war dazwischen gewesen, fast ein ganzer Marktplatz, an dessen einem Ende ich stand, während am andern ein paar Tische für Gäste aufgestellt waren. Im Rücken der Gäste Kübelpflanzen, schien mir. Immergrünes.

Klaviermusik klang aus den Fenstern oben, als ich weiter hinaufstieg, eine französische Mazurka, sie kam über die Dächer, rann geradezu an den unerschütterlichen alten und von keinem Farbanstrich herausgeputzten Fassaden herab, sie breitete sich in Rinnsalen und breiteren Strömen über die Pflastersteine aus, indem sie zu Tal floß, während von oben unaufhörlich neue Passagen nachfolgten. Untrennbar verknüpft mit immer neuen Sekunden, schienen sie herauszuwachsen aus der ungeheuren Masse dessen, was in dem Teil der Zeit verborgen war, den wir Zukunft nennen. Jeder Ton war außerordentlich und unvorhersehbar und knüpfte doch an die vorhergegangenen an und füllte seinen eigenen Augenblick derart aus, daß all das, was noch kommen sollte, wiederum aus ihm herauszuwachsen schien, während der Ton, ohne sich darum zu kümmern, seinen Klang ausbreitete und in der Vergangenheit versank. Auf diese Weise schien jener Augenblick, wo das Gewesene aufgehört hat zu sein, während das Künftige noch nicht ist und dergestalt das eine ins andere umschlägt, einerseits der einzige Augenblick, der jemals wirklich ist, und andererseits zugleich der vollkommene Augenblick des Nichtseins zu sein. Und die Mazurka, immer wieder von vorn begonnen, kam aus verschiedenen Richtungen, von Echos durch die Stadt geleitet, sie rauschte in den kahlen Ästen alter Bäume, stockte an ihrer Rinde, rieselte von den Zweigspitzen zu Boden und versickerte.

Ich blieb stehen, den Kopf voller Erinnerung, vor mir jetzt die Hausnummer, die richtige Nummer in der richtigen Straße, eine mehrstöckige Fassade neben andern mehrstöckigen Fassaden. Wohlgeformte Fenster. In einer Art Hochparterre hatte sie also gewohnt, wo sie hinten über Treppenstufen in ein paar grüne Quadratmeter hinaustreten konnte. Ihr Leben lang hatte sie hier mit einem Mann gelebt, der mit großem Geschick seiner Arbeit nachging, ohne je neben ihr öffentlich in Erscheinung zu treten. Ihm wurde nachgesagt, er habe sie wegen ihres Lächelns geheiratet. Als er starb, hörte ihr Lächeln nicht auf. Sie hörte auf zu spielen. Einem Jahr wollte sie noch zusehen beim Kommen und Gehen, den zahllosen Jahreszeiten, die es zu bieten hatte, den Sonnenuntergängen am Westfenster. Dann fiel sie in ihrem Garten gegen den Baum und war tot.

Ich klingelte bei den Menschen, die jetzt im Parterre wohnten. Ich klingelte mehrmals mit langen Pausen, ohne daß jemand aufgemacht hätte. Auch in den oberen Geschossen blieb es still. Hätte ich mich angemeldet, dachte ich, müßte ich jetzt nicht unverrichteter Dinge wieder umkehren. So schlecht vorbereitet gehe ich sonst nicht auf Reisen.

Der Frühling, den ich zu Anfang beklagt hatte, grünte in der Gestalt von knospenden Sträuchern und Bäumen in winzigen unbebauten Winkeln, die ich um so lieber Gärten nenne, als sie dem Wunsch der Menschen nach einem sicheren Dach über dem Kopf geradezu abgetrotzt zu sein schienen, dann aber in vollkommener Leichtigkeit und Freiheit sich entfalteten, als hätten die Menschen den Wunsch aufgegeben, ihnen ihre Absichten aufzuzwingen, und sich statt dessen entschlossen, den Pflanzen einfach beim Wachsen zuzuschauen und jeden Zweig zu feiern, der den Winter übersteht. Narzissen und Tulpen waren verblüht, Hyazinthen dufteten schon aus den Nischen.

Ich war überzeugt, noch nie eine schönere Stadt gesehen zu haben. Kaum rechte Winkel, das Ganze jedoch erstaunlich geordnet, als sei ihm in Jahrhunderten die richtige Form zugewachsen. Und dann diese tiefgrünen Schattengärten zwischen den Winkeln, Gartenkarrees, Gartendreiecke, Gartenstreifen, nur ausnahmsweise sichtbar hinter eisernen Gittern.

Ich erkannte das Gitter. Ich erkannte den Garten dahinter. Er befand sich in einer Art Abgrund neben der Straße, so daß man dem einen Baum, der darin wuchs, in die Krone schauen konnte. Die Treppe, die aus der Wohnung der Verstorbenen hinunterführte, war von der Straße her nicht zu sehen. Hier habe ich schon gestanden, dachte ich beim Blick in den Schacht und hinaus ins weite Land, das sich, wenn zwei Häuser ausnahmsweise Platz lassen zwischen dem einen und dem andern, in der Ferne auftut vor den sehnsüchtigen Blicken von Reisenden, die viel gesehen und dennoch nicht gefunden haben, was ihnen guttut.

Die Kunst des Suchens, sage ich mir oft, vielleicht lerne ich sie noch. Oder, gibt eine andere Stimme zur Antwort, das Finden hat mit dem Suchen nichts zu tun.

Ich stand da und legte die Hände ums Eisen, mit beiden Händen hielt ich es, als könnte man nur so stehenbleiben. Es war genau jenes Gitter mit seinen Blättern, Rosetten und wiederkehrenden Labyrinthen, wo ich mich vor Jahren festgehalten hatte, ohne zu wissen, daß es je möglich sein würde, zurückzukommen, und wo ich, die angerosteten Stangen in meinen Händen, mich erinnert hatte an ein Lächeln, ein vergessenes Lächeln, ein glücklicherweise vergessenes, und zwar ein sehr schnell und sehr heftig vergessenes Lächeln, das ich für einen unbeschreiblich kurzen Augenblick auf dem Gesicht eines Mannes gesehen hatte, der mit zwei oder drei andern an einem Tisch saß, als ich vorbeiging, an jeder Hand ein kleines Mädchen, damals, langsam auf jenen Tisch zu und an jenem Tisch vorbei. Zuvor war ich lange am gegenüberliegenden Ende des Platzes stehengeblieben, Ehemann und Kinder erwartend, die zu dritt umhergelaufen waren auf der vergeblichen Suche nach einer Gelateria, an die er sich von früheren Besuchen her erinnerte oder zu erinnern glaubte. Unterdessen hatte ich am Rande des Platzes gestanden, das Ballett der Fassaden, der Brüstungen, der Tore und unerklärlichen Fenster betrachtet, gewartet und, dergestalt an einem warmen Spätnachmittag wartend, ein von weither kommendes Glück empfunden, bis dann aus der Ferne, von einem Tisch auf der andern Seite des Platzes ein Gesicht mir ins Auge gefallen war, das so aussah, wie ich mir Gesichter wünsche, mit einer Frage, wie ich mir Fragen wünsche, auch wenn ich die Antwort nicht weiß, und als ich, ein wenig später, im Vorbeigehen, das Lächeln sah, wußte ich, daß ich die Antwort doch kannte, denn das Lächeln war so kurz und zog über sein Gesicht wie ein schneller Schatten, aber ohne jede Eile, als wäre es der richtige Augenblick, einer anhaltenden Trauer Platz zu machen, und genau diese Trauer war es, die mir erlaubte, nachdem sie sich sogleich in mir eingenistet hatte, all das so schnell und so heftig zu vergessen, daß ich bereits nach wenigen Schritten, am Rande dieses Gartens, an dieser Ecke beim Blick in diesen Schacht mich geradezu unvermittelt daran erinnert habe, wie man sich sonst nur an längst Vergessenes erinnert. Und es dauerte nicht lange, das kam mir in den Sinn, als ich jetzt wieder an diesem Gitter stand, bis ich mich, damals, von neuem zu erinnern begann, wie an etwas erneut Verlorengegangenes, das von nun an, schien mir nach weiteren Schritten und nach weiteren Augenblicken, unablässig verlorengehen würde, so daß ich, am Fuße des Berges angekommen, wo man wieder Autos herumfahren sah, bereits ganz verzweifelt gewesen wäre, hätte es nicht gleichzeitig etwas anderes gegeben, eine seltsame, nie zuvor gekannte und auch gänzlich unvernünftige und einer erwachsenen Person schlecht anstehende Fähigkeit zur Zuversicht, als könne man eines Tages zurückkommen, von woher auch immer, den Berg hinaufsteigen, sich hier und da und schließlich Schritt für Schritt erinnernd, und auf den Platz zurückkommen, wo das Ballett der Baukörper unverändert abläuft, die Fassaden, Balkone, die Brüstungen, die Tore und unerklärlichen Fenster in ihren vertrauten Rollen, wo die alten Tische, jetzt frisch lackiert und grün wie immer, an ihren alten Plätzen stehen, leer oder fast leer, weil nicht nur die Jahreszeit nicht stimmt, denn es ist Frühling, sondern weil es auch noch nicht Abend und die Sonne also keineswegs am Sinken ist und das Morgenlicht von ungewohnter Seite eine ungewohnte Erwartung in ihr altes Stück einfügt und Licht und Schatten vertauscht.

Ob es an der Morgenfrühe lag oder an der unpassenden Jahreszeit, diesmal war keins von den Brautpaaren zu sehen, die sich mit den Löwen des Brunnens photographieren lassen wollten, statt dessen Schulklassen, die, einander zu zweit und stumm an den Händen haltend, zum Besteigen des Wehrturms antraten. Kein Stimmengewirr. Kein Murmeln. Die Schreie der rennenden Kinder in der Ferne, ihre Echos aus abschüssigen Gassen, sonst Stille. Kein Ton, als könnte man nach zwanzig Jahren zurückkehren, und der Film bliebe in der Wirklichkeit da stehen, wo er im Kopf angehalten wird.

Ich erkannte ihn sofort.

Er saß ein wenig am Rande, ein älterer Mann jetzt, umgeben von leeren Tischen, die unbeteiligt vor sich hindämmerten. Er schaute mit den Augen von damals. Ich sah das gleiche Gesicht, das gleiche Lächeln, die gleiche Antwort. Aber erstaunt war er. Ungläubig stand er von seinem Stuhl auf.

Er stand auf eine ungewöhnliche Art aufrecht, in vollkommener Freiheit wie einer, dem niemand das Geradestehen abfordern kann, der es nur von selber tut, voller Grazie, da seine Vollkommenheit von der Art war, daß sie sich Abweichungen leisten konnte. Seine Stimme klang genau, wie ich erwartet hatte. Er streckte mir mit einem Anflug von Schüchternheit beide Arme entgegen und sagte nachdenklich:

Ich habe dich erst im Sommer erwartet.

Zehn ziemlich kurze Geschichten über die Liebe

Elvira weiß, was sie will

Elvira steigt die Treppen mühsamer, als ihr lieb ist. Am Anfang hieß sie Elfriede. »Elvira« hat ihrem Mann besser gefallen, darum heißt sie so, und dabei bleibt sie. Elvira ist noch nicht alt, sagt sie. Sie trägt schöne Strümpfe, schöne Kleider, eine schöne Frisur. Vielleicht ist sie schön. Aber die Liebe hat sie sich abgewöhnt. Schon früh hat sie den Kopf geschüttelt über Männer. Elvira sagt: über »die Männer«, aber das müßten wir erst nachprüfen. Elvira ist alleinstehend. Das heißt nicht, daß sie allein steht. Sie sitzt und liegt und ißt nicht allein. Sie geht auch nicht allein hinaus oder nur bei seltenen Gelegenheiten. Denn wo sie geht und steht, hat Elvira zwei Hunde bei sich. Die Hunde schlafen vor ihrem Bett. Jeder auf einer Seite, obwohl sie lieber beieinander schlafen würden. Die Hunde tun, was Elvira will. Sie nimmt die beiden mit zur Arbeit, weil Hunde nicht gern allein sind, bindet sie an die Heizung und achtet darauf, daß sie sich ordentlich benehmen. Die Hunde tun das. Sie sind nur klein, diese Hunde. Aber es sind schöne Hunde. Braune. Immer die gleichen, sagt sie. Elvira arbeitet noch gern, obwohl andere sich in ihrem Alter schon mit einer Rente zurücklehnen. Einmal war Elvira verheiratet. Das ist lange her, denn seitdem heißt sie Elvira, und nun heißt sie schon sehr lange so. Es war eine schöne Zeit, sagt Elvira, und es gefiel ihr sehr, verheiratet zu sein. Und dann? Nach zwei Monaten sagte eines Tages, ohne daß man es hätte vorhersehen können, ihr Mann: »Ich oder die Hunde.«

Wenn sie zu einer neuen Stelle geht, erzählt sie das den Leuten, weil sie nicht möchte, daß irgend jemand sie für eine alte Jungfer hält. Sie lacht, wenn sie es erzählt. »Wie kann man nur so fragen«, sagt sie und meint damit ihren Mann. »Ich oder die Hunde.«

Sie schaut dich an, dann die Hunde, die nebeneinander vor der Heizung sitzen, dann wieder dich.

Sie wartet, daß du etwas fragst. »Ja und?« solltest du jetzt fragen oder etwas ähnliches. Dann erscheint auf ihrem Gesicht ein geheimnisvolles Leuchten, begleitet von einer noch geheimnisvolleren Pause, bis sie sagt, sie habe sich für die Hunde entschieden.

Sie weiß, was die Leute sagen. »Du mußt bloß mit einem Hund auf die Straße, sagen sie, und schon bist du mit den andern Hundebesitzern praktisch auf du. Die Spatzen pfeifen es von den Dächern. Aber die Spatzen haben keine Ahnung. Das heißt, es stimmt schon. Aber was für Leute. Unbeschreibliche Menschen mit unbeschreiblichen Hunden. Haben Sie Hunde?« sagt Elvira zu dir. »Nein? Dann haben Sie keine Ahnung. Ich jedenfalls habe nie mehr einen Menschen kennengelernt.« Einen Mann meint sie damit, denn Menschen kennt sie. Sie putzt in vielen Haushalten und weiß davon zu erzählen. Was ihr eigenes Leben betrifft, meint Elvira: »Es waren wohl die falschen Hunde. Aber soll ich mir einen Afghanen zulegen, um bessere Leute kennenzulernen? Wer garantiert mir denn, daß das nicht schiefgeht? Außerdem, ich liebe meine Hunde. Hätte ich mich sonst für sie entschieden?«

Martin behält seinen Mantel

Jeans trug er, und zwar so, als wäre es etwas Neues in seinem Leben. Darunter schauten Socken hervor, die auf ganz andere Bekleidungsgewohnheiten hindeuteten, entsetzliche Socken, und ich hütete mich, auch nur ein Wort über sie zu sagen. Man muß einem Mann ja nicht unbedingt auf die Füße schauen. Beim nächstenmal hatten diese Socken etwas Einfarbigem Platz gemacht, das mir gefiel.

Jedesmal wenn wir uns trafen, und wir taten das öfter, auch wenn ich längere Reisen machen mußte für diese Treffen, hatte er etwas anderes an. Das ist nichts Ungewöhnliches bei einem Menschen, dessen Kleiderschrank wir noch nicht kennen. Auch ich suchte mir ja jedesmal etwas anderes heraus. Darum staunte ich, als ich hörte, seine Sachen seien alle neu. Das kam mir sehr ungewöhnlich vor.

Auch für ihn war es ungewöhnlich. Eigentlich das erste Mal, sagte er, daß er so etwas mache.

Wir hatten uns an einem Sommertag kennengelernt, der noch nicht weit zurücklag, seitdem hatte ich seine Stimme im Ohr, eine hinreißende Stimme, die manchmal etwas anderes tat als das, was er von ihr verlangte, und sich in den weichen Winkeln meines Innenohrs festsetzte. Ich wollte gar nicht wissen, ob seine Frau bis dahin seine Sachen gekauft hatte, wie es das manchmal gibt.

Diese alten Socken, behauptete er strahlend, habe er weggeworfen. Er war an den Punkt gekommen, wo man sein Leben ändern muß, um nicht ganz durchzurosten. Ich nickte begeistert. Ich schaute ihn an. Ich begann, nach Rostflecken zu suchen. Ich habe nichts gegen Patina in menschlichen Gesichtern. Er hatte eine auffällig feine Haut, die sich ins Rötliche färbte, dann und wann, wenn er aufgeregt war, und ich versuchte herauszufinden, wann, war aber selber viel zu aufgeregt, um den Abstand aufzubringen, den man für solche Beobachtungen braucht.

Er sah erfreulich jung aus für sein Alter.

Später zeigte sich, daß er so jung war, wie er aussah, eine unangenehme Überraschung, aber nicht so unangenehm wie die, daß er es zwar liebte, wenn ich ihn dazu ermunterte, näher zu rücken, es aber nicht tat. Ich dagegen glühte vor Begeisterung über die Wärme, die von ihm ausging, eine Wärme, die man in einem geschäftigen Leben lange vermissen kann, ohne zu merken, daß man sie braucht, und die unerhörte Schmelzvorgänge auslöst, wenn sie uns unverhofft trifft.

Wir spazierten an baumbestandenen Straßenrändern, wie es früher die Halbwüchsigen in dörflichen Gemeinden taten, wenn sie argwöhnischen Blicken für einmal entkommen wollten, obwohl gerade dorthin alle argwöhnischen Blicke sich zu richten pflegen. Wir tranken unerfreuliche Herbstweine in den Gaststätten von Provinzbahnhöfen, wo die einheimischen Trunksüchtigen Gott weiß was über uns dachten, und sprachen über das Leben, seine Schwierigkeiten, seine Hoffnungen und suchten um einer stets ungewissen Zukunft willen nach Gesetzmäßigkeiten, ohne die allzu vertrauten Wörter auszusprechen. Sie erschreckten uns in ihrer Abgebrauchtheit – eine schöne Gemeinsamkeit, und daß sie wie die meisten Gleichklänge menschlicher Seelen aus sehr verschiedenen Quellen entsprungen war, brauchte uns nicht zu kümmern. Wir fanden neue Wörter, die noch kein Mensch gebraucht hatte und denen sich nicht ansehen ließ, wie unterschiedlich die Bedeutungen waren, die wir ihnen beilegten. Und wenn wir über unsere Funde lachten, dann deshalb, weil uns das Kunststück gelungen war, die alten Wörter zu vermeiden. Das ist eine Kunst. Das Lachen kam aber auch aus den Hoffnungen, die uns an diesen kläglichen Orten beflügelten.

Nein, ich habe ihn keineswegs gebeten, die Fotos von seinen Kindern zu zeigen, wie er wohl wollte. Sie blieben also in ihrem Mäppchen, Postkartenformat, Seidenglanz, randlos, vermutete ich. Ich kenne sie, diese blaustichigen Abbildungen von Familien, ihren irreführenden Alltagsgewohnheiten, Ausflügen und Flugreisen ins Ausland. Seine Kinder waren alle im Schulalter, vier müssen es gewesen sein, vielleicht sogar fünf. Ich wollte mir die Namen nicht merken und stellte zu meinem Ärger fest, daß sie wie von selbst in meinem Kopf hängengeblieben waren.

Wenn ich Kinder hätte, würde ich keine Photos von ihnen in der Brieftasche herumtragen oder, wenn doch, sie nicht herumzeigen und schon gar nicht, wenn ich einer Person des anderen Geschlechts näherkommen wollte.

Einmal regnete es. Er nahm mich unter seinen Mantel, achtete aber sehr darauf, mir nicht zu nahe zu treten, ich konnte es anstellen, wie ich wollte.

»Warum nicht?« sagte ich endlich.

Er zögerte, während ich, wortlos in den Regen blinzelnd, auf seine Antwort wartete. Sie lautete, ein wenig heiser: »Ich wollte nur ausprobieren, ob es geht.«

Das war an dem Tag, als er einen unbeschreiblich schönen nachtblauen Mantel trug, der noch gar nicht in Mode war, es aber im Laufe der Saison so sehr wurde, daß mir schien, als hätten alle Männer in einem gewissen Alter sich ein solches Stück angeschafft. Er erkundigte sich sehr und ein wenig ängstlich danach, ob er mir gefiel, dieser Mantel.

»Ich kann ihn zurückgeben«, sagte er. Und nicht nur diesen Mantel. Er hatte sich mit einem Ladenbesitzer angefreundet, dem er jedes Stück, nachdem er es in Ruhe ausprobiert und dann doch nicht recht liebgewonnen hatte, zurückbringen konnte. Ich ließ mir die Sache durch den Kopf gehen oder durch das, was von ihm übrig war.

»Diesen Mantel solltest du behalten«, sagte ich dann mit Entschiedenheit.

Seine Augen leuchteten auf, erloschen aber wieder, als ich mich weigerte, einen Termin für das nächste Mal zu verabreden. Betrübt stieg ich in den Zug und fuhr nach Hause mit dem Gefühl, endlich einmal etwas richtig gemacht zu haben.

Moritz braucht keine Wörter

Eines Tages saßen wir auf der Kante eines steinernen Tischs in einer Art Pavillon, wie es sie in Parks hier und da gibt, Moritz und ich, er schaute nach Westen, ich nach Osten, hoch im Süden stand die Spätsommersonne, und im Norden bellte ein Hund. Ich weiß nicht, ob es an diesem Hund oder an der Sonne lag, jedenfalls stiegen Tränen aus meinem Innern auf und schnürten mir den Hals zu. Ich dachte, dieser Mann ist so unglücklich, daß ich nicht weiß, wie ich noch einen einzigen Tag mit ihm aushalten soll, von einer Woche oder einem Jahr ganz zu schweigen, und darum wußte ich dort auf dem Tisch nicht, was aus unserem schönen Plan werden sollte. Wie alle dachten wir, seit die ersten Flammen der Liebe zu einer wärmenden Glut zusammengesunken waren, es müsse wunderschön sein, wenn zwei miteinander alt werden. Mir jedoch erschien es an jenem Tag als eine Strafe der Hölle, soviel Leben mit einem Menschen zu verbringen, der nicht glücklich ist. Er würde es nicht so nennen. Zeitlebens hatte er bestritten, daß es so etwas wie Glück oder gar den glücklichen Menschen gebe.

Der Hund hatte lange Ohren. Sie flogen auf und nieder, als er uns entdeckte und mit dem Ausdruck der Begeisterung hergerannt kam. Er beschäftigte sich sogleich und sehr ausführlich mit Moritz, der, peinlich berührt, das an ihm aufspringende freundliche Tier notdürftig begrüßte.

Wenn es nach Moritz ginge, könnte man zwar von Unglück ebensowenig reden wie von Glück, da bereits das Wort als dieses ein Mißgriff und ein Unding sei, aber, fuhr Moritz, nachdem das schnüffelnde Tier von einer Hundepfeife abberufen worden war, fort, als unbestreitbar dürfe doch gelten, daß, solange man das Wort nicht gebrauche, die Sache selbst auf dieser Welt nicht nur vorkomme, sondern gewissermaßen allgegenwärtig und unausweichlich sei und wir es unser Schicksal nennen müßten, wenn nicht Schicksal ebenfalls ein aus theoretischen, ethischen und historischen Gründen unverwendbares Wort sei, das man auch dann, wenn man die obengenannten Gründe nicht anerkenne, um der bloßen Redlichkeit willen keinesfalls benutzen dürfe, um unser Menschenleben zu beschreiben. Er versuchte, was er zu sagen hatte, mit anderen Worten zu sagen, was nicht gelingen wollte, bis ihm in den Sinn kam, daß man das Leben unsere Aufgabe nennen sollte und nicht anders.

Er war wie so viele durchdrungen von der Überzeugung, daß alles, was Menschen tun, wenn der Tag lang ist, womit sie sich abmühen oder woran sie glauben, der Mühe nicht wert sei, und machte von diesem grundlegenden Gesetz seiner Theorie und seiner Praxis die üblichen zwei oder drei Ausnahmen.

Ich dagegen konnte es nicht mit ansehen und war all die Jahre auf der Suche nach einer Möglichkeit, ihm herauszuhelfen aus seiner Grube. Ich war nicht zufrieden, so lange er dermaßen im Dunkeln saß.

Ich sitze nicht im Dunkeln, sagte er. Das ist das Leben.

Nie ist mir gelungen, mich damit abzufinden. Jeden einzelnen Tag habe ich nach einem Ausweg gesucht. Ich mußte es einfach. Und alles, was ich zu finden meinte, war lächerlich angesichts der Grundsätzlichkeit seines Unglücks.

Immer hast du etwas auszusetzen, sagte er.

So kann man es auch sehen, denke ich heute. Ich weiß es nicht besser. Was sollte ich denn anderes tun als anzuhören, wie es ihm ging, und ihm zuzureden, als gebe es etwas anderes. Das muß man doch einfach.

Du redest und redest, sagte er. Ich brauche keine Wörter.

Ich war so unzulänglich, wie eine Frau nur sein kann. Ich redete wirklich zuviel. Er schlug vor, einen Hund anzuschaffen, weil er der Meinung war, daß ich mehr Bewegung brauchte, als er mir verschaffen konnte.

Ich habe auch so schon genug zu tun, sagte ich. Außerdem mag ich nicht, daß man einem Hund sagen muß, was er tun soll. Es heißt, sonst fühlen sie sich vernachlässigt.

So ist es, sagte Moritz.

Die Wochen vergingen, und ich fand heraus, was er sich von einem Hund versprach. Ich sollte das Tier mit meinen guten Ratschlägen verwöhnen und Moritz damit verschonen. Als ich das begriffen hatte, wurde ich sehr vorsichtig mit Zumutungen. Bald fiel es ihm auf.

Du hörst überhaupt nicht mehr zu, sagte Moritz.

Kann man einen solchen Mann allein lassen? Ich wußte es nicht. Die Möglichkeit bestand auch gar nicht. Ich hatte nur die andere Möglichkeit vor Augen, ihn zu retten, weil ich immer von neuem glaubte, es würde mir irgendwann doch noch gelingen. Nur war ich nicht die Person dafür. Es sah aus, als sei Moritz die Aufgabe, welche das Leben mir gestellt hatte, um an ihr zu scheitern. Aber, um ehrlich zu sein, ich scheitere nicht gern.

Plötzlich hatte ich keine Lust mehr, meine Jahre damit hinzubringen, daß ich unzureichende Handlungen mit unzureichenden Ergebnissen ausführte und nicht nur ausführte, sondern sie wider Willen zum Hauptinhalt meines Lebens machte, was man nur bei Aufgaben tun soll, die eine minimale Aussicht auf Erfolg haben. Das Unglück breitete sich aus, es kroch in jede Ritze und erreichte nun auch die Lebensgebiete, die bisher verschont geblieben waren. Unser Winter war lang und düster. Was willst du, sagt man sich dann, es ist Winter.

Wochenlang, so kam es mir vor, hatten wir gesessen, gebrütet und kein vernünftiges Wort miteinander gesprochen. Falsch. Er gab die laufenden Berichte über sein Befinden. Ich hörte zu und nickte und wußte nicht weiter.

Im Frühling, sobald wir wieder im Park auf diesem Tisch sitzen, diesmal in umgekehrter Anordnung, die Sonne im Süden will gerade ihren kläglichen Zenit überschreiten, im Norden bellt kein Hund, geschieht es, daß er einen fast unhörbaren Satz in Richtung Osten spricht.

Was sagst du?

Ich muß etwas mit dir besprechen, sagt er.

Er kann so nicht weitermachen. Er will neu anfangen.

Neu anfangen, wiederhole ich. Was ist das.

Sie habe eine sehr überraschende Art zu sprechen. Moritz erklärt es mir. Ihre Sätze sprudelten wie die ungezähmten Wellen eines Bergbachs, bis man vom Zuhören ganz benommen sei, und dann folge auf einmal mit überwältigender Entschlossenheit eine kurzgefaßte Wahrheit. Zauberworte. Man müsse es gehört haben, um es zu glauben. Die Heilung vom Unglück stehe unmittelbar bevor.

Hat sie einen Hund? sage ich.

Ja, sagt Moritz. Woher weißt du das?

Pete glaubt nicht an den Zufall

Ich glaube nicht an den Zufall, sagte Pete. Er war zwei Tage vorher mein Liebhaber geworden, und daß er den Zufall nicht gelten ließ, brachte einen solchen Ernst in die Sache, daß ich mich bis heute nicht davon befreien kann.

Pete war sehr weise, sehr praktisch, sehr unernst und sehr stolz auf diese drei Eigenschaften. Er war auch sehr gut gewachsen und machte sehr guten Gebrauch davon. Wir hatten die beiden Tage oder die Stunden, in denen er nicht arbeitete, in außergewöhnlichem Glück verbracht, ich war viel allein in seinen vier Wänden, soweit man mit seinen Büchern und seinen Schallplatten überhaupt allein sein konnte, er zeigte in allem, was er sagte und tat, und vor allem in dem, was er unterließ, eine solche Konsequenz, daß er auch dann, wenn er auf Nähe aus war, unerreichbar schien, und nach zwei weiteren Tagen waren wir so weit über unsere schöne von Wolken umschwebte Welt verteilt, wie zwei Menschen nur sein können.

Ich bin kein Briefschreiber, sagte Pete zum Abschied, wie es Männer oft tun.

Das ist in Ordnung, behauptete ich, in diesem Augenblick bereits zerfressen von einer Sehnsucht, welche im Lauf der Jahre zwar nicht zunahm, aber auch nichts von der Eindringlichkeit des ersten Augenblicks verlor. In unmenschlich großen Abständen setzte ich mich hin, um Briefe zu verfassen, in denen ich diese Sehnsucht mit allen Mitteln zu verbergen suchte. Ich sprach sie, um glaubwürdig zu bleiben, an einer unauffälligen Stelle dieser Briefe aus, und zwar in immer anderen Sätzen, welche klangen, als seien sie nicht die Wahrheit, sondern nur ein Spiel.

Nach einem Jahr geschah ein Wunder. Ich erhielt ein paar Seiten von seiner Hand, die er in einem stillen Moment seiner

Karriere, an einem Swimmingpool ruhend, für mich zu Papier gebracht hatte. Der Brief war sehr weise, sehr praktisch und sehr unernst. Alles, was Pete im Augenblick des Schreibens umgab, schien durch das Schreiben Bedeutung zu gewinnen. Die schwimmbadgrüne Oberfläche des Wassers war eine Erleuchtung, und so war dieser Brief ohne Zweifel ein wichtiger Augenblick in seinem Leben.

Ich schrieb daraufhin weiter mit langen Zwischenräumen lange Briefe, in denen ich auf alles Unbedeutende verzichtete, alles Wichtige verschwieg und die kleinen Veränderungen in meinem Leben wohldosiert zur Darstellung brachte.

Zweimal habe ich ihn wiedergesehen. Das erste Mal hatten wir eine halbe Nacht für uns allein in einem Hotel, wo die Bettwäsche so dünn war, daß sie uns bereits mit einem Riß empfing und am Ende, als ich meinen Mantel anzog, in Fetzen über die Kanten hing. Auf das zweite Wiedersehen mußte ich länger warten. Wir waren inzwischen beide verheiratet, mein Herz schlug bis zum Hals, und ich sagte, daß ich mich sehr freute, ihn zu sehen, also nur einen Teil der Wahrheit, wie es die Situation erforderte.

Pete hatte unerhörte geschäftliche Erfolge zu berichten, die er nicht etwa zu erringen brauchte. Wie durch ein Wunder waren sie ihm für seine bloße Risikobereitschaft zugefallen. Mir kommt es so vor, sagte Pete über seine Arbeit, als würde ich die ganze Zeit spielen. Damit war er in bester Gesellschaft, denn heute wissen wir ja, daß selbst der liebe Gott würfelt, was Einstein noch so heftig bestritten hat.

Ich glaube nicht an den Zufall, sagte er auch bei dieser Gelegenheit, es war in einer Flughafenhalle, wo er auf den Anschluß wartete, und ich fragte mich, ob in Vergessenheit geraten war, daß er es bereits gesagt hatte, oder ob die Wiederholung Absicht war. Es war jedenfalls immer noch einer von den Sätzen, die ihn mit Glanz umgaben. Zum erstenmal trug er ein weißes Hemd. Das konnte er sich leisten, denn an ihm sah alles ganz und gar freiwillig aus. Er wurde nachdenklich. Ihm fiel ein, daß er mir einmal einen Brief geschrieben hatte. Ihm war, als habe er damit ein Stück von sich selbst verloren, wünschte sich dieses Stück zurück und bat mich, ihm seinen Wunsch zu erfüllen. Ich versprach es.

Weißt du, daß ich dir sehr gern schreibe, sagte ich in den fünfzehn Minuten, die uns zur Verfügung standen. Das ist ein Satz, der sich in andern Sprachen viel besser anhört, als er hier klingen mag. Pete, weise wie immer, sagte: Du kannst mir gern schreiben.

Dennoch verging mir die Lust daran. Ich ließ eine Kopie von seinen gedankenreichen handgeschriebenen Seiten machen, schickte sie mit einem sehr kurz gehaltenen Gruß um die halbe Welt, und seither warte ich auf den Zufall, der uns wieder zusammenführt.

Felix hat wenig Zeit

Seit zehn Jahren war er nicht mehr in der Stadt gewesen.

»Hier ist Felix«, sagte er unvermutet, als ich das Telephon abnahm. »Ich brauche dich.«

Er hatte nicht viel Zeit und bedauerte es. Das erinnerte mich an unsere gemeinsamen Jahre, als er auch nie viel Zeit gehabt hatte. Sein Bedauern dagegen war neu und erklärungsbedürftig. In der Hotelbar war es so laut, daß er mir nicht sagen konnte, worüber wir reden mußten oder wofür er mich brauchte. Er hielt sein Gepäck noch in der Hand.

Als wir vor die Zimmertür kamen, die der Portier genannt hatte, hatte er Mühe mit dem Schlüssel. Er stocherte. Die Tür rührte sich nicht. Er schaute mich von der Seite an, und als er sah, daß ich nicht über ihn lachte, gab er mir den Schlüssel. Ich lache sonst gern über Männer, sollte ich hier ergänzen, und Felix war die eine und einzige Ausnahme von dieser Regel. Ich nahm den Schlüssel. Es ging ganz leicht, und Felix erklärte, er sei es gewöhnt, daß die Schlösser andersherum aufgingen.

Mit einem Lächeln, das ich auf seinem Gesicht noch nicht gesehen hatte, führte er mich hinein, am Arm sozusagen, als wäre die Schwelle von Stolpersteinen und Fußangeln verstellt, so daß er mir plötzlich noch viel fremder vorkam, als man nach zehn Jahren erwarten konnte. Woher kam dieses Lächeln? Ist es möglich, in zehn Jahren alt zu werden? Werde ich dieses Lächeln auch brauchen? Wann? Und während das Lächeln in seinem Gesicht blieb, streckte er einen Arm aus, zum Sessel hin, als wollte er mich bitten, Platz zu nehmen. Ich bin nicht daran gewöhnt, »Platz zu nehmen«, ich setze mich meistens einfach hin. Unvermittelt, während ich grade seinem Wunsch nachkommen und Platz nehmen wollte, stürzte er selber auf diesen Sessel zu, der unser einziger war, ließ sich hineinfallen, schlug die Hände vors Gesicht und rührte sich nicht mehr.

Was macht man um halb eins mit einem Mann, der seine Seele in den Händen vergräbt, während ich mir gewünscht hatte, sie zu wärmen und mich von dieser Seele wärmen zu lassen? Reden schien er auch nicht mehr zu wollen. Wir schwiegen ein paar Minuten, die sich bis in den frühen Morgen auszudehnen schienen.

Dann ging ich zur Tür.

»Danke, daß du gekommen bist«, sagte er und begann, seinen Koffer auszupacken.

Christoph sitzt unter dem Tisch

Ich bin ratlos. Der Mann hat einen so schönen Namen. Er hätte jeden Grund, glücklich zu sein, und während andere sich mit Etiketten wie Peter, Paul und Fridolin abschleppen müssen, weiß er überhaupt nicht zu schätzen, was er hat. Er hat diesen Namen, er hat zwei Kinder, ein männliches und ein weibliches, die uns zwar Sorgen machen, aber doch nicht ausgeprochen mißraten sind, und über die Sorgen, die sie uns machen, werden wir wahrscheinlich in zehn oder zwanzig Jahren sagen, daß sie entweder nicht der Rede wert oder daß nicht die Kinder, sondern wir Eltern der Grund dafür waren, wenn sie uns irritiert haben. Das Besorgniserregende an Kindern ist ja, daß wir nicht von vornherein wissen, wie sie herauskommen. Oder umgekehrt, sagt Christoph.

Also noch einmal von vorne. Der Mann hat einen schönen Namen, er hat zwei Kinder, die kaum Anlaß zur Sorge geben, er hat einen Beruf, von dem er selbst nie etwas anderes behauptet hat, als daß er ihm gefällt, er hat Erfolg, und alle, die mit ihm zu tun haben, sagen ihm das auch, er hat mich, und er hat einen Hund. Ein Hund war der eine unerfüllte Wunsch, der ihn seit seinen Kindheitsjahren begleitete. Wir hatten diesen Hund jahrelang nicht gewollt, denn wir wußten, was ein Hund dem Menschen an täglicher, stündlicher und augenblicklicher Bereitschaft abverlangt. Um es genau zu sagen, die Kinder hatten das gewußt, und zwar von mir, denn ich war vorsichtig, wenn es darum ging, mir neue Pflichten aufzuladen, nachdem die Kleinen aus dem gröbsten heraus waren. Den Kindern aber machte alles, was ein Tier von uns erwartet, nichts aus, sie wollten den Hund trotzdem haben, weil sie, aufgrund ihrer kurzen, aber eindeutigen Lebenserfahrung durchaus gewitzt, vermuteten, daß ich diesen Teil des

Problems schon in die Hand nehmen würde. Sie hörten also nicht auf, den Hund zu wollen, so daß ich die einzige blieb, die sich noch sträubte. Das Aussuchen war ein Kapitel für sich, das hier nicht erzählt werden soll. Er kam also ins Haus, jung, begeistert, anspruchsvoll und ohne jedes Gefühl für Verantwortung.

Man kann sich nur wundern angesichts der Liebe, die einem solchen Hund entgegenschlägt, obwohl ihm manche von den Eigenschaften fehlt, die wir sonst in unserer Nähe unbedingt voraussetzen. Wenn er aber gerade deshalb so beliebt gewesen sein sollte, so wäre mir das überhaupt nicht recht.

Von gewissen Mängeln abgesehen, war dieser Hund aufmerksam, wild, weich und glücklich. Das ist natürlich eine außerordentliche Kombination von Eigenschaften, die wir in Menschen so oft vergeblich suchen. Er ließ sich gern verwöhnen. Er übernahm keine Verantwortung, verlangte aber seinerseits, daß wir jede Menge davon übernahmen für ihn und für das, was er tat.

Er hatte auch noch andere Eigenschaften, die nicht verschwiegen werden sollten. Er bestand auf einer kostspieligen Ernährung. Er weckte uns zu nachtschlafenen Zeiten. Und er stank unbeschreiblich, wenn es ihm gelungen war, mich auch bei Regen zu einem Spaziergang zu überreden, so daß ich ihn anschließend, weil die anwesenden Familienmitglieder stumm die Nase rümpften, baden mußte, ohne ihn auch nur annähernd dazu überredet zu haben. Ist es ein Wunder, daß notwendige Arbeiten liegengeblieben sind?

Natürlich hat so ein Hund Zeit. Er hat kaum Pläne, und wenn doch, ist er bereit, sie übergangslos und ohne jeden Vorwurf aufzugeben um seiner Familie willen. Familien wissen das zu schätzen.

Das Ergebnis war, daß jeder, der ihm begegnete, sei es aus Zufall oder mit Absicht von der einen oder andern Seite, nur noch Augen für ihn hatte und alles andere, was er gerade hätte tun wollen oder sollen, fallenließ. So stürzten sich alle mit einem Überangebot von Streichelbereitschaft auf ihn und sein weiches Fell und seine erwartungsvollen Augen und begannen augenblicklich Aktivitäten zu entfalten, die sein Glück weiter mehrten. Ob soviel gut sichtbares Glück bei denen, die zuschauen müssen, Zufriedenheit oder Neid oder noch andere Gemütszustände hervorzurufen pflegt, ist eine Frage, die wir uns bei Gelegenheit stellen sollten. Die Kinder jedenfalls warfen mir nun kaum noch ein Grußwort zu, wenn sie aus ihrem eigenen Leben in den Schoß unserer Vierzimmerwohnung zurückkehrten, weil sie statt dessen, kaum waren sie hereingekommen und zwar meistens, ohne die Wohnungstür hinter sich zuzumachen, und immer, ohne ihre jeweiligen Ausrüstungen ordentlich abzulegen, sogleich innehielten, um sich zu unserm wedelnd herbeispringenden Hund niederzubeugen und längere Zeit für niemanden sonst ein Ohr, geschweige denn eine Hand freizuhaben. Nicht nur, daß sie dann keine Grüße oder Fragen beantworteten, sie hörten sie nicht einmal. Als ältere und verantwortliche Person ist man dann nicht beleidigt und weiß, daß solche Erfahrungen, wenn man sie früh macht, es der kindlichen Seele später erleichtern, allen möglichen Lebewesen eine ausgeprägtere Aufmerksamkeit entgegenzubringen. Diese Überlegung half mir, die neuen Erfahrungen auf eine einigermaßen glückliche oder wenigstens erträgliche Art in mein allmählich wachsendes Weltbild einzuordnen. So hoffte ich, daß dieses Weltbild mich mit der Zeit für den Abschied von der Jugend entschädigen würde.

Ich lächelte also über ihre Begeisterung.

Das alles gilt für die Kinder, es gilt für meinen Mann, der abends immer erst spät kommt, weil seine auswärtigen Pflichten zunehmen, und vielleicht gilt es sogar für mich. Ich beobachtete an mir eine auf vielen Gebieten wachsende Bereitschaft, nicht kleinlich zu sein, obwohl ich durch die neuen Aufgaben etwas atemlos geworden war, weil ich schon mit den alten genug zu tun hatte.

»Wird es dir nicht zuviel«, sagte Christoph, wenn er abends doch noch nach Hause kam.

»Nun, ja«, sagte ich, unschlüssig, ob es der Moment war, wo die Wahrheit ans Licht konnte.

Eines Tages, die Kinder schliefen, der Hund schaute erwartungsvoll zu uns auf, als wir uns der täglichen Kleidung entledigten, statt, wie er es sich wünschte, einen Mantel anzuziehen, fügte ich entschlossen bei: »Vielleicht könnte mal jemand anders mit ihm rausgehen.«

»Natürlich«, sagte Christoph, »das ist doch selbstverständlich.« Ich war getröstet, wurde aber nicht abgelöst.

Kurz, es sah lange so aus, als wäre dieser Hund im großen und ganzen doch eine gute Idee gewesen. Meine Gesundheit kräftigte sich merklich, weil ich soviel an die frische Luft kam. Aber ich muß etwas übersehen haben. Eines Tages sitzt Christoph unter dem Tisch.

Sonderbar, dachte ich, sagte aber nichts, weil Männer bekanntlich öfter mal etwas ausprobieren müssen, was sonst niemand durchschaut, und dann auf keinen Fall dabei gestört werden wollen. Ich wartete ab.

Das nützte nichts. Christoph saß unter dem Tisch. Er begann, unglücklich auszusehen. Er streichelte den Hund nicht mehr.

Ein einsamer Jäger, dachte ich. So sah er aus, das Herz ermattet von Überdruß angesichts der lokalen Geographie und voll von lebensfähigen Visionen über die fernen Inseln des Seins und den Tod, nicht wahr?

»Was ist los«, sagte ich eines Tages.

Er schaute mich lange und stumm an, als gäbe es keinerlei Möglichkeit zu sagen, was los war.

Ich gehöre nicht zu denen, die in menschlichen Seelen herumbohren, wenn eine Mitteilung noch Zeit braucht, um heranzureifen. Ich kann warten, bis sie so weit ist, sich aus der dunklen wärmenden Höhle des Innenlebens herauszuwagen ins kühle unversöhnliche Licht der Wirklichkeit. Das ist nicht immer leicht, wenn ein Mensch so offensichtlich nicht in Ordnung ist. Die Kinder sehen es auch. Alles geht auf Zehenspitzen um ihn herum, will nicht stören, will seinen Gram nicht wecken und seinen Zorn nicht heraufbeschwören. Die Verwirrung ist groß, aber wer sagt, daß das Leben deshalb nicht weitergeht?

»So kann es nicht weitergehen«, beginnt er eines Nachts unsere Stunde der Wahrheit.

Ich nickte im Dunkeln. Ich atmete tief, um all meinen Mut zusammenzunehmen.

Er sagte leise: »Manchmal wünschte ich mir, ich wäre der Hund.«

»Das wollte ich auch grade sagen.«

Michael erinnert sich

An einem Sonntag traf ich diesen Mann, den ich nicht vergessen konnte. Nicht vor der Kirche traf ich ihn wie in den alten Geschichten, sondern beim Einkaufsautomaten am Bahnhof. Ich kaufe dort sonst nicht ein, weil ich ungefähr weiß, was ich brauche, bevor die Geschäfte schließen. Ausnahmsweise hatte ich etwas vergessen. Und da stand er.

»Wo bist du geblieben?« sagte er.

Der Vorwurf traf mich unvorbereitet, denn er war es gewesen, der aufgehört hatte, mich anzurufen. Er küßte mich wie früher, was man in der Nähe eines Bahnhofs ohne weiteres kann. Es gefiel mir wie früher. Dann sah er auf die Uhr und fluchte.

»Das Schicksal ist gegen mich«, klagte er, »Susanne wartet.«

»Susanne?«

Meine Vergeßlichkeit überraschte ihn.

»Wir waren mit ihr in diesem koreanischen Restaurant!«

»Restaurant?« murmelte ich. »Korea?«

»Nein, Liebste. Frankfurt. Das hast du vergessen? Ich mußte eine Ausrede erfinden, um sie loszuwerden!«

Ich versuchte mich zu erinnern.

Zärtlich erzählte er, wie er damals, als wir andern noch beim Tee sitzenblieben, allein vorausgegangen war, weil er die Nacht unbedingt mit mir verbringen und zu diesem Zweck die anderen abschütteln wollte.

Das hörte sich schön an. Er hat mich also doch geliebt.

Kopfschüttelnd sah er mir in die Augen, tief wie immer, und sagte: »So etwas vergißt man nicht.«

Er kaufte lauter einfache Dinge, wie man sie in einem gewöhnlichen Haushalt braucht. Nichts Extravagantes. Nur daß er nicht genug Kleingeld bei sich hatte. Ich konnte wechseln wie immer.

Zum Abschied fragte er: »Weißt du wenigstens noch, daß wir in Frankfurt waren?« Sein Gesicht leuchtete ängstlich.

»Natürlich.«

Frankfurt war eine von meinen schönsten Erinnerungen. Die öffentlichen Abfallkörbe waren voll von Regenschirmen, die der Sturm zerfetzt hatte. Wir sind durch den Regen gegangen und haben geredet. Das konnten wir damals. Aber in einem koreanischen Restaurant bin ich im Leben noch nicht gewesen. Und so etwas vergißt man nicht.

Franz macht einen Punkt

In diesen Tagen, da sich die ersten Köpfe der Astrophysik wieder darüber streiten, ob unsere Zeit sich nun unerbittlich in einer Einbahnstraße oder einem Kreisel bewege oder ob doch Gegenverkehr möglich sei, unterbreche ich meinen täglichen Gedankenstrom, um auch darüber nachzudenken. Die Unumkehrbarkeit der Zeit erschien mir immer als etwas so Selbstverständliches, daß ich den Kopf geschüttelt habe über jeden, der das Gegenteil auch nur erwog. Das gemächliche Vorbeiziehen der Jahre hat mich ebenso darin bestätigt wie plötzliche Erschütterungen. Die unseligsten Wiederholungen sind ja deshalb so erschreckend, weil sie keineswegs ein Zurück, sondern eine Art des Vorwärtsgehens darstellen. Es schien so eindeutig. Und doch ist es offenbar schwer oder gar nicht zu beweisen.

»Wäre es anders«, sagte ich, »und wäre die sogenannte Zeitreise im Bereich des Möglichen, hätten sich dann nicht längst viele von uns aus der scheußlichen Gegenwart davongemacht in irgendeine nähere oder fernere Vergangenheit, die ihnen weiß der Himmel warum verlockender vorkommt?«

»Vielleicht ist es so«, sagte Franz, als ich ihm meine Überlegung zu bedenken gab. »Aber wie willst du das überprüfen?«

»Jeder, der von einer solchen Unternehmung zurückkäme, würde ausführlich davon berichten. Ihre Videos würden täglich über die Bildschirme gehen.«

»Vielleicht kommen sie nicht zurück«, sagte Franz. »Menschen verschwinden. Vergiß das nicht.«

Das ist leider wahr. Und daß ich andere Ursachen vermutete, war kein Beweis.

Ein besseres Argument schien mir jedoch der Gedanke, daß wir heute, wenn Reisen in die Vergangenheit möglich wären, längst von Touristen aus der Zukunft überrannt worden wären. Aber wie es mit schönen Gedanken oft geht, man kann auch daran zweifeln. Warum sollten nicht die Menschen der Zukunft imstande sein, die ganze Wahrheit über uns herauszubringen, und sich infolgedessen davor fürchten, auf irgendeine Weise mit uns in Berührung zu kommen? Auch ein schöner Gedanke, aber zu optimistisch. Denn daß es den Menschen in der Zukunft besser geht und daß sie besser miteinander auskommen als wir, ist wohl doch zu unwahrscheinlich. Aber wie auch immer es ihnen gehen mag, es werden zweifellos ein paar Neugierige dabei sein, die sich nicht nehmen lassen, alles auszuprobieren, was machbar aussieht. Sie würden es besonders dann tun, wenn es verboten wäre. Und verboten wäre es vermutlich, wenn man bedenkt, daß Menschen seit Urzeiten zum Schutz gegen eine schwer erträgliche Gegenwart sich in goldene Vergangenheiten zurückgewünscht haben. Leider läßt sich damit die Unumkehrbarkeit der Zeit auch nicht beweisen. Denn wenn keine Forscherteams oder Nostalgieclubs aus der Welt unserer Nachkommenschaft bei uns auftauchen, wird der Grund dafür wohl am ehesten darin liegen, daß diese Nachkommenschaft durch Vermehrung und Zerstörung sich in eine Lage manövriert hat, in der es sie entweder überhaupt nicht mehr oder nicht mehr als Besitzer von Zeitreise-Errungenschaften gibt. Es sind ja auch andere zivilisatorische Errungenschaften im Laufe der Menschheitsgeschichte verlorengegangen. Ob dieser Gedanke wahrscheinlich oder zu pessimistisch ist, will ich offenlassen. Ich jedenfalls neige eher zu der Vermutung, daß, weil die Zeit sich als Pfeil verhält, die Zukünftigen in ihrer eigenen Gegenwart steckenbleiben werden und uns darum heute in Ruhe lassen. Und ich bin froh darüber.

Wir saßen eines Samstagmorgens am Küchentisch, wie wir das oft tun, wenn das atemlose Hin und Her des Alltags uns eine halbe Stunde übrigläßt, und versanken in gedankenreiches Schweigen, nachdem wir unsere allmorgendliche Trauer um das verlorene Frühstücksei noch einmal angedeutet hatten, ohne sie noch in allzu viele Worte zu fassen, weil alle längst gesagt sind. Seit sein Cholesteringehalt in Verruf gekommen ist, haben wir das Ei von unserm Tisch verbannt. Die Tatsache, daß sich bereits Gegenstimmen gegen diese Lehrmeinung erheben, hatte sich als Gesprächsstoff ebenfalls erschöpft.

»Glaubst du, daß es vorwärtsgeht?« sagte ich in die Stille hinein.

Franz glaubte es nicht.

Ich meinte es grundsätzlicher. »Ich meine«, sagte ich, »hältst du es für möglich, daß die Zeit sich nicht nur vorwärts, sondern auch rückwärts bewegen könnte, wenn sie nur wollte?«

»Ausgeschlossen«, sagte er.

Das war auch meine Meinung. Ich konnte sie nur nicht begründen.

»Das ist eben so«, sagte er. »Punkt.«

Es war nicht das erste Mal, daß er »Punkt« sagte. Ich hatte es schon gehört, als ich den Wunsch aufbrachte, zum Frühstücksei zurückzukehren. Die Statistiken, die uns dieser schönen Gewohnheit beraubt hatten, gaben nämlich nur für Männer etwas her und auch nur in einem bestimmten Alter. Darüber hinaus hatte ich in der Wochenendausgabe die Meldung gelesen, die krankmachende Wirkung des Cholesterins sei heute nicht nur völlig unbeweisbar, sondern im Grunde widerlegt und durch komplexere Vorstellungen ersetzt, welche das Frühstücksei nicht betreffen. Das war erst eine Woche her.

»Mußt du dich vor einem Herzinfarkt in acht nehmen oder ich?« sagte Franz an jenem Tag.

»Ich glaube du«, nickte ich, denn ich hatte ein Herz, das nahezu unbeirrbar seine sechzig Schläge in der Minute ableistete. So nahm ich jedenfalls an, weil ich es kaum je gemessen hatte. Darum zweifelte ich auch, obwohl ich es besser wußte, kaum je daran, daß das immer so weitergehen werde. Franz war derjenige, der mitzählte.

Ich hätte diesen neuen Stand der wissenschaftlichen Erkenntnis gern noch genauer besprochen, er aber sagte »Punkt« und blieb dabei.

Seit jenem Wochenende schleppten die gemeinsamen Stunden sich plötzlich hin, als hätten sie durch Schlamm zu waten. Das stand ganz im Gegensatz zu den Anfängen unserer Ehe, als die Tage ungefähr dreißig Minuten dauerten, welche sich allerdings bis zu zwei Wochen lang hinziehen konnten. Manchmal sehnte ich mich nach dieser Zeit zurück.

»Warum sagst du immer ›Punkt‹?« fragte ich ihn am andern Morgen.

Es war Sonntag.

Er drehte den Kopf zu mir, wobei er ihn zugleich ein wenig nach hinten rückte, als brauche er noch mehr Abstand, um sich ein besseres Bild zu machen. Das Bild war folgendes: eine etwas ausgebleichte Frau, die schon die Worte bereute, welche sie eben ausgesprochen hatte.

»Ich sage nicht immer ›Punkt‹«, erwiderte er. Außerdem war er der Meinung, es sehe mir ähnlich, daß ich »immer« sage. Er sprach das nicht aus, aber ich hörte es trotzdem. Und er hatte recht. »Immer« zu sagen ist eine Unsitte.

»Oft«, sagte ich.

»Wann?«

»Seit einer Woche.«

»Das ist ›selten‹.«

Ich wollte mich nicht darüber streiten, ob ich bei einem dutzendmal in einer Woche »manchmal« sagen mußte oder »oft« oder ob ich doch schon das Recht hatte, »immer« zu sagen, und wenn ja, ob er als mildernden Umstand geltend machen durfte, daß er diese Wendung in unsern ersten Jahren kaum verwendet hatte. Es war kein Streit um Worte, obwohl es sich so anhörte. Es war eher, als wären plötzlich Dämme gebrochen und man könnte das Unvorhergesehene nicht mehr zurückhalten. Gern hätte ich die Ursachen für diesen Dammbruch gekannt. Jeder weiß, daß etwas Ernstes dahintersteckt, wenn ein Mensch seinen Wortschatz aus heiterem

Himmel verändert. Das Frühstücksei mit seinen möglichen oder wahrscheinlichen Wirkungen konnte es nicht gewesen sein. Oder doch?

Franz erklärte es mir, indem er sagte, daß ich nie Rücksicht nehme auf seine Gefühle.

»Nie?«

Er beharrte darauf, »nie« zu sagen, da ich mir ja immer Formulierungen wie »immer« herausnahm. Punkt.

Mein Herz schlug jetzt mit einer unbeschreiblichen Geschwindigkeit, so daß ich schon fürchtete, es werde mir davonlaufen. Eine ganze Reihe von männlichen Gefühlen, welche eine Frau in ihrem Leichtsinn wohl einmal außer acht läßt, jagten durch meinen Kopf. Nichts hätte ich in diesem Augenblick lieber getan, als an einen früheren Punkt unserer gemeinsamen Zeit zurückzukehren und dann anders fortzufahren. Nur war ich nicht sicher, ob eine andere Strecke, wenn sie möglich wäre, nicht doch an genau dieser Stelle unseren Weg wieder gekreuzt hätte.

»Und was hältst du von Zeitreisen«, sagte ich.

Nichts hielt er davon. Gar nichts.

So saßen wir, wie gesagt, eines Samstags. Mitten in der astrophysikalischen Zeit saßen wir in unserer Küche: kläglich. Die Minuten vergingen, und die Zeit, die vor uns lag, war undurchdringlich. Wir wußten nicht, wie es mit uns hätte weitergehen können. Jeder Herzschlag sagte uns unwiderleglich, daß wir ihn nicht rückwärts schlagen konnten.

Und nun bin ich froh, wenn die Fachleute genau genug nachrechnen und zu den gleichen Ergebnissen kommen.

Otfrid wartet auf die Richtige

Otfrid ist nicht schüchtern. Er ist nicht schweigsam. Er ist auch nicht bescheiden. Noch weniger ist er das Gegenteil von alldem, und das mögen wir an ihm. Seitdem wir erwachsen sind, ist er unser bester Freund. Nicht daß wir zu dritt lebten, obwohl manche das hinter vorgehaltener Hand behaupten, aber wenn Otfrid, der beruflich oft herumreist, nach Hause kommt, dann ist er viel bei uns und nicht nur, weil sein Zimmer zu wünschen übrigläßt. Darum fragen wir ihn schon gar nicht mehr. Außerdem haben wir genug andere Dinge, die zu reden geben, so daß uns die Zeit oft zu kurz wird. Aber wenn wir mit gemeinsamen Freunden zusammensitzen, dann fällt, vorausgesetzt natürlich, daß er nicht dabeisitzt, irgendwann mehr oder weniger vorsichtig die Frage: »Was ist eigentlich mit Otfrid los.«

Wir würden ein Fragezeichen erwarten nach einem solchen Satz. Aber die meisten von unseren gemeinsamen Freunden haben sich dieses Fragezeichen längst abgewöhnt. Trotzdem, die Frage steht im Raum.

Erst tun wir so, als hätten wir nichts gehört, Eberhard und ich. Aber sie bleiben dran. Wenn der Mann derjenige ist, der das Thema verfolgt, wird er bei Eberhard nachhaken. Will die Frau mehr wissen, dann fragt sie mich.

»Du weißt schon, was ich meine«, sagt sie dann.

Ich weiß es. Es ist keine Kunst, das zu wissen.

»Er wartet auf die Richtige«, erkläre ich, als ob sie darauf nicht von selbst kommen könnte.

»Zwanzig Jahre?« lautet die Antwort inzwischen, da wir ja nicht jünger werden, und niemand begreift, daß ein Mann so lange auf die üblichen Frauengeschichten verzichtet, weil er auf die Richtige wartet, während heute jeder vernünftige

Mensch weiß oder wissen könnte, daß es nichts Hundertprozentiges gibt auf dieser Welt, und sich mit halben Sachen oder in günstigen Fällen mit fünfundachtzigprozentigen zufriedengibt oder sich doch wenigstens damit einrichtet, solange es geht. An diesem Punkt gerät im allgemeinen ein Gespräch ins Stocken, wahrscheinlich deshalb, weil wir uns alle unsere eigenen Gedanken machen, die wir nicht gern preisgeben möchten. Was der Mensch im Inneren denkt, wird unter Umständen ein beträchtliches zerstörerisches Potential entfalten, wenn es ans Licht kommt, ohne daß er sich darauf verlassen könnte, dergleichen zu vermeiden, wenn er es bei sich behält. Jedenfalls werden andere aus dem, was du dir denkst, ihre Schlüsse auf deine Erfahrungen ziehen, die sie für logisch halten, obwohl solche Schlüsse selten deiner Logik oder gar der Wahrheit entsprechen.

Da stimmt doch etwas nicht, denken unsere gemeinsamen Freunde, wenn sie an Otfrid denken, und manche sagen das auch.

Mir gefiel es nicht, wenn ich auf diese Weise über einen abwesenden Freund reden sollte, obwohl auch ich mir ab und zu Fragen gestellt habe.

Wenn man sich ansieht, wie all die jahrzehntelang an ihren gemeinsamen Haushalt gefesselten Leute sich aneinander abarbeiten und einer dem anderen das zunehmende Gewicht der Schuld am sogenannten Scheitern vor die Füße wirft, könnte man unter Umständen auf den Gedanken kommen, es sei das bessere Leben, in all diesen durch Kleinlichkeit vergeudeten Jahren auf die Richtige zu warten oder es wenigstens zu behaupten, wie Otfrid das tat.

Ich bin sicher, daß alle, die ihn und uns kannten, sich ihre eigenen Erklärungen zurechtgelegt haben. Als wahrscheinlichste galt die, daß er gar keine Frau mehr brauchte, weil er mich hatte. Ich gebe zu, daß das glaubwürdig klang, weil man uns so oft zu dritt sah. Das heißt, man sah uns ohne ihn, ihn aber kaum je ohne uns. Es war trotzdem falsch. Und obwohl ich ihn so gut kannte, suchte ich noch nach Erklärungen.

Meine Vermutung war, daß seine Liebesgeschichten sich anderswo abspielten, irgendwo in der Ferne, auf seinen Reisen, wie man es seit Jahrtausenden kennt, und ich ging manchmal so weit zu glauben, er reise darum soviel, ohne die Vermutung je auszusprechen.

Wenn man ihn fragte, lachte er. Es war ein Lachen, aus dem sich überhaupt nichts schließen ließ. Er lachte wie einer, der zufrieden ist und nichts zu verbergen hat.

Eberhard glaubte ein paar Jahre lang, Otfrid trauere um mich, weil er mich nicht bekommen hatte. Er schien infolgedessen hin- und hergerissen zwischen dem quälenden Wunsch, seinem Freund einen nicht wiedergutzumachenden Schmerz zu erleichtern, und einem ebenso tief sitzenden Mißtrauen.

Eines Tages hatte Eberhard eine Freundin. Nicht daß es das erste Mal gewesen wäre, aber dieses Mal brachte er es ans Tageslicht, nachdem er sich vorher um die Art Halbdunkel bemüht hatte, die für vorübergehende Abweichungen von der Lebenslinie sich als das beste erwiesen hat. Er besuchte sie einmal in der Woche in ihrer Wohnung und wollte, daß ich das wußte.

Otfrid begann Inserate für größere Wohnungen auszuschneiden und bat mich, wenn er unterwegs war, Gespräche für ihn anzunehmen.

»Ich habe es gewußt«, sagte Eberhard und legte frische Wäsche in einen Aktenkoffer. Ich sah ihm zu. Was ich dachte, möchte ich für mich behalten.

»Liebst du sie?« sagte ich, als er fertig war.

»Natürlich nicht«, sagte er.

Otfrid kam zurück, diesmal aus Brasilien. Er las die Post. »Ich habe sie!« jubelte er.

»Wen?«

»Die Wohnung! Vier Zimmer, Balkon, kein Verkehr!«

Eberhard lief rot an. »Unsere milden Gaben genügen dir nicht mehr?« sagte er im beherrschtesten Ton, den ich je an ihm beobachtet habe.

Otfrid verstand diesen Ton nicht. Er schwieg erschrocken. »Habe ich etwas falsch gemacht?« sagte er schließlich.

»Nein«, sagte ich.

»Willst du sie gleich mitnehmen?« sagte Eberhard.

»Ja«, strahlte Otfrid. »Woher weißt du das?«

Das war ein Mißverständnis, welches sich erst langsam aufklärte. Solche Zeiten, in denen ein verletzter Mensch sich weigert, ein Mißverständnis aus der Welt zu schaffen, können lange dauern und quälend sein. Es war quälend. Es hat lange gedauert.

Dabei enthielt die Situation vor allem Grund zur Freude. Otfrid hatte die Richtige, auf die er so lange gewartet hatte, wirklich gefunden. Nicht in Schottland und schon gar nicht in Brasilien, sondern gleich in der Nachbarstadt. Sie war auch nicht jung und unverbraucht wie bei anderen Leuten, sondern in seinem Alter, und Kinder hatte sie auch schon großgezogen.

»Das erklärt«, erklärte Otfrid, »warum ich sie nicht früher finden konnte.«

Eberhard verstand nicht, was er meinte.

»Hätten sich unsere Wege früher gekreuzt«, ergänzte Otfrid, »wäre ich einfach vorbeigegangen, weil sie nicht zu haben war. Wir hätten uns gar nicht sehen können. Verstehst du?«

Niemand wollte es glauben, als wären sie alle blind von ihren eigenen Träumen und könnten nicht fassen, daß jemand etwas tat, was nicht nur lustvoll, sondern auch ausgesprochen vernünftig war.

Mein Mann ging nicht mehr zu seiner Freundin und blieb viel zu Hause, ohne daß ich das Gefühl hatte, er sei wirklich zu mir zurückgekehrt. Und daß er jahrelang davon überzeugt war, die Leute hätten doch recht mit dem, was sie über Otfrid und mich dachten, hat er seinem Freund gegenüber nie zugegeben.

Gertrud besucht ihre Nichte

Den Mut, aus dem Fenster zu sehen, hat sie nicht. Sie tut es trotzdem, selten, mit Absicht, sie tut es pflichtbewußt, weil die andern es auch tun. Sie besucht ihre Nichte. Ihre Hände stecken unter den Armen, wo es warm ist. Sie fährt nicht oft Zug, sie wohnt auf dem Lande, nein, am Rand einer Stadt, die keine Stadt ist, eher ein Bahnhof, jedenfalls da, wo sie wohnt. In einer Küche, denkt sie, wohnt sie, schon immer, Schürze und Filzschuhe, denkt sie, wenn sie daran denkt, an die Küche, weil der Boden aus Stein ist, und was soll sie hier aus dem Fenster schauen, irgendwo unterwegs, durchs Land. Dieser See, diese Berge, denkt sie, die Kühe im Tal, sie kennt diese Kühe nicht, und wozu soll sie sie kennenlernen, da sie auch den See nicht gekannt hat, den ersten nicht und den zweiten nicht. Sie hat sie schon früher gesehen, in jungen Jahren, mehrmals, die Seen, aber fremd sind sie dennoch geblieben, denn zum Kennenlernen gehört mehr. Zum Kennenlernen gehört viel mehr. Er ist also fremd geblieben, der eine See wie der andere See, und das war gut so, denn sie sind zu zweit gefahren, damals, weil sie zu zweit waren, damals, eigentlich immer zu zweit, und zu zweit ist ihnen der See fremd geblieben, gesprochen haben sie nicht darüber, das war unnötig, es war nicht einmal möglich, denn sie wären einander fremd geworden, hätten sie darüber gesprochen, womöglich darüber sprechen müssen oder wollen. Auch ohne darüber zu sprechen, war es so, daß ihnen der See fremd blieb, erst der eine See und dann der andere, nachher, denn miteinander sah man die Seen nie. Es lag immer Zeit dazwischen, die erst vergehen mußte.

Ihre Hände sind jetzt zu heiß. Es ist nicht wahr, daß sie friert. Auf der Tasche liegen die Hände, auf der Tasche von früher. Dort bleiben sie. Geradeaus schaut sie, um nicht aus dem Fenster zu sehen, auf den leeren Sitz gegenüber schaut sie, auf das Kunstleder, das Blau der Kopfstütze, das sie wohl als Blau erkennt, nicht aber als Blau der Kopfstütze, Kopfstützen sagen ihr nichts, das Blau ist nichts andres als das, was ihr jetzt vor Augen ist, gegenüber, denkt sie, jetzt, aber was heißt das, jetzt, denn es ist wieder März, wie es oft März wird, einmal in jedem Jahr, achtundfünfzig Jahre wären es bald, im Mai, denkt sie, und was soll all das Wasser, nach achtundfünfzig Jahren, ein See und noch ein See, das Morgenlicht, der schimmernde Dunst vor den Hügeln, den sie nicht erkennt, nicht als schimmernden Dunst vor den Hügeln, das Glitzern der Steilwand, das sie nicht sieht, nicht als das Glitzern der Steilwand, im März, denkt sie, neun Tage, und immer war er gesund. Neun Tage krank. Nur neun Tage. Einmal neun Tage. Dann war das Leben vorbei.

Sie glaubt, sie müsse bald aussteigen. Sie zieht einen Mantel an. Kalt ist es. Nein, kalt war es, auf dem Friedhof, dort war es kalt, wirklich kalt, die ganze Woche, aber heute ist es nicht kalt, es ist warm, heute ist es so warm, sie hätte das Futter aus ihrem Mantel nehmen sollen, für den Friedhof mag es gut sein, das Futter, aber im Zug, nein, zu warm ist es hier. Sie kann schlecht atmen, wenn es so warm ist. Die Haut tut ihr weh von der Wärme. Der Mantel ist neu. Mit so einem Futter hat sie nie einen Mantel gehabt. Außen ist er gut gegen den Regen, gegen den Wind, gegen Schnee. Sie braucht Mäntel kaum, die Strickjacke ja, Mäntel nein, darum hat sie nur alte gehabt, alte Mäntel, geerbte Mäntel, schwere und leichte, Mäntel von Toten, abgetragen, ohne Futter und auch nicht gut gegen den Wind, überhaupt nicht gut, nicht wirklich gut, und gut muß er schon sein, der Mantel, jetzt, für den Winter, den Friedhof. Sie weiß nicht viel über den Winter. Er hat darüber gelacht. Er hat die Winter gut vertragen. Immer. Er mochte Winter. Auf Friedhöfen sind Winter kalt. Vielleicht war es ein Fehler, denkt sie, vielleicht hätte sie doch einen schwarzen nehmen sollen, sie waren da, viele Mäntel, zum

Aussuchen, sie hat nie ausgesucht, nur diesmal, diesmal nicht aus den alten Schränken, den Truhen genommen. Keinen schwarzen, hat ihre Nichte gesagt, nimm diesen. Sie kennt sich aus, die Nichte, bald sechzig ist sie, mitten im Leben. Darauf kommt es nicht an.

Zum Fenster herein scheint die Sonne, Häuser fahren vorbei, nicht nur Häuser, vieles, Menschen fahren vorbei, kleine Menschen, fremde Menschen, zu Fuß, Tiere fahren vorbei, Bahnhöfe, Trafo-Stationen, Feldwege, Schuppen, Gehölz, plötzlich ist man allein.

Gern zu Haus war ihr Mann, achtundfünfzig Jahre, und wo er zur Arbeit ging, beim Elektrizitätswerk, nur dort, sie waren zufrieden mit ihm, gern war er dort. Und er war gern zu Hause, auch in der Küche. Filzschuhe, ja. Er hatte gern warme Füße. Warme Hände hat er gehabt, große warme Hände. Sie kann schlecht atmen, wenn es so warm ist. Die Haut tut ihr weh von der Wärme. Immer, jeden Tag, warme Hände. Morgens.

Achtundfünfzig Jahre wären es, bald, im Mai.

Die Nichte weiß, wie man die Karten verschickt, wie man die Zeitung anruft, wie man den Mantel kauft. Sie wußte nicht, daß sie nichts wußte. Dennoch schien es ihr besser, all das nicht zu wissen, als es zu wissen. Dem Toten, dachte sie, wird es gefallen. Sie kann schlecht atmen, wenn es so warm ist. Die Haut tut ihr weh von der Wärme. Der Mantel ist neu.

Jetzt fährt sie zu ihrer Nichte. Dann wieder zurück.

Röben

Bartels ging die letzten Schritte langsamer und setzte sich. Einen einzigartigen Tag sah er vor sich, Dunst, Sonne, ein paar Wolken, etwas Blau, und warm wurde es auch. Er hätte sich gar nicht zu beeilen brauchen. Bartels hatte eine besondere, wenn auch schwer erklärliche Vorliebe für die Linie Fünfzehn, wo er immer ganz hinten saß, und auch an diesem einzigartigen Tag hatte er ganz hinten gesessen und dann in seinen kleinen Spiegel sehen wollen, obwohl man in der Straßenbahn nicht in den Spiegel sehen sollte. Jedenfalls ist es nicht üblich. Aber sein Spiegel war so klein und rund, daß ihn kaum jemand entdecken konnte in seiner Hand, und als er ihn aus der Tasche nahm, war ein Stück Glas herausgefallen. Bartels war nicht angestoßen, nicht gefallen oder von der Tür eingeklemmt worden, und der Spiegel war trotzdem zerbrochen. Vorsichtig griff er in seine Jackentasche. Die Scherbe war noch da. Er setzte sie wieder in seinen Spiegel ein, ebenfalls vorsichtig. Daß ein einmal zerbrochener Spiegel nie mehr ganz wird, wußte er. Es spiegelte sich jetzt der jeweilige winzige Ausschnitt der runden Welt in zwei Teilen, einem großen und einem kleinen. Und Bartels, vor die Aufgabe gestellt, sich seinen Ausschnitt von nun an aus zwei ungleichen Teilen zusammensetzen zu müssen, wurde von einer Beengung ergriffen, die ihn augenblicklich und wiederholt an der Kehle befiel, als sei sie einer wirklichen, von außen sich nähernden Wirkung zuzuschreiben. Er hatte geglaubt, wegen dieser Beengung aus der Straßenbahn aussteigen zu müssen, obgleich er sich etwas ähnlich Sicheres wie die Linie Fünfzehn gar nicht vorstellen konnte, war aber sitzengeblieben. Die Scherbe schien sich aus ihrem Rahmen wieder lösen zu wollen. Aus schildpattfarbenem Kunststoff war dieser Rahmen und fühlte sich nun auch brüchig an. Bartels versuchte, das kleine Stück Spiegel besser festzuklemmen, beklagte die Tatsache, daß andere Menschen geschicktere Finger hatten als er und daß das sein ganzes Leben lang so gewesen war, steckte seinen Spiegel, um ihm mehr Halt zu geben, in die Brusttasche und beschloß, nie mehr hineinzusehen.

Bartels hatte sich beeilt, obwohl er sonst der sogenannten Zeit gegenüber nachlässig geworden war. Es war ja auch kaum noch möglich, irgendwo zu spät zu kommen. Es war Mittwoch, und er hatte sich beeilt, als gäbe es die Möglichkeit, den richtigen Augenblick zu verpassen, doch. Aber nun, da er angekommen war und sich setzte, war es nicht zu spät. Bartels atmete ruhiger.

Ein einzigartiger Tag war es, das muß wiederholt werden, Dunst, Sonne, ein paar Wolken, etwas Blau, und warm wurde es auch. Früher war es im März nicht so, sagte Bartels. Alle sagten das. Ihm gefiel, wenn es im März so war. Der Februar war auch so gewesen. Ginge es nach Bartels, könnte der ganze Winter sein wie dieser März. Das aber wünschte er sich nicht im Ernst, denn der Wechsel der Jahreszeiten, so sagte Bartels jedenfalls, erleichterte es auch und erst recht, wenn man keinen eigenen Garten besaß, die Einzigartigkeit der Tage zu erkennen. Das und nichts anderes war die Aufgabe, die er jeden Tag zu erfüllen hatte. Anderes mißlang ihm und durfte mißlingen, die Einzigartigkeit der Tage aber durfte er sich nicht entgehen lassen. Früher war ihm das unterlaufen. Jetzt nicht mehr. Und Erinnern kam nicht in Frage.

Wer sich erinnert, erschwert die Übersicht, sagte Bartels. Und Röben sagte: Der Mensch muß einen Punkt machen und dann weitersehen. Bartels war alt, und das war neu. Bartels war immer jung gewesen, erst einfach jung, dann immer noch ziemlich jung, und in dem Augenblick, als sein altes Leben nicht mehr weiterging, hatte sich daran nichts geändert. Man müßte eher sagen, daß Bezeichnungen keinen Sinn mehr hatten und an ihm herunterfielen, wie es eine Hose täte, wenn man den Gürtel abgeben müßte.

Fünfundsechzig ist kein Alter, sagte Röben. Nein, sagte Bartels, das ist es nicht.

Neu war auch, daß von einem Neumeister, den Bartels nicht kannte, dem er aber vor Jahren, als er noch Briefe schrieb, einmal einen Brief geschrieben hatte, nun doch durchgesetzt worden war, daß Bartels eine ganz gewöhnliche Rente bekam. Und wer eine Rente bezieht, darf unabhängig von ihrer Höhe von sich sagen, er sei alt.

Man sagt, Menschen leben, wenn sie alt sind, in ihren Erinnerungen. Bartels hielt nichts davon. Erinnerung kam ihm vor, als müsse er bei schlechter oder gar keiner Beleuchtung in einen Keller hinuntersteigen, um dort in der abgestandenen Luft nach etwas zu suchen, das noch in sein Leben paßte. Diese Keller waren gewöhnlich so niedrig, daß nur ein Kind darin aufrecht stehen konnte und ein Mann sich unweigerlich den Kopf oder sogar den Rücken anschlug beim Versuch, durch die flach überwölbten Gänge zwischen den Nischen zu laufen. Dennoch hatte er mit verblüffender Zuverlässigkeit im Kopf, was er gedacht hatte, wenn er als Kind hinunter mußte in die hintereinander gelegenen Keller, wo die tägliche Arbeit von Eltern und Großeltern, wo die Zukunft, wo all die menschliche Vorsorge in Form von Eingemachtem in den Regalen stand und in übersichtlicher geometrischer Formation zugleich den bescheidensten Reichtum und das nackte Entsetzen angesichts des sogenannten Lebens vor ihm aufreihte. Aus den Kellern ging kein Tor, kein Gang, kein Fenster ins Freie, nur eine Luke für die Lüftung. Und nur diese Treppe, die so steil war, daß man sie fast eine Leiter hätte nennen sollen, führte zurück. Immer war er es, wenn einer hinuntergeschickt wurde, weil er der Älteste war, und dem Ältesten traut man am meisten zu. Bartels wollte, wenn es sich vermeiden und durch etwas anderes ersetzen ließ, nicht erwachsen werden. Er wollte das und alles andere, was außerdem verlangt wurde, nicht, vermutete aber, daß es sich nicht vermeiden ließ. Er wollte nicht in die Keller und nicht in die Art von Zeit, die unten herrschte. Dort unter der Erde, wo man sich, wenn man klein ist, ein gelindes Ticken der Zeit durchaus wünschen würde, blieb sie nach wenigen beherzten Atemzügen stehen, die Zeit, begann sich dann jedoch aufzublähen und ihm entgegenzustemmen, als würde sie ihm von unten entgegengeschoben und immer weiter zu einem gewaltigen Ballon von erstarrten Minuten aufgeblasen, der einem den Atem nahm und schließlich, wenn man, nach Luft ringend, die Stufen wieder hinaufkletterte, mit einem dumpfen Gefühl im Ohr zerplatzte und jenem unwirklichen und überdeutlichen Rieseln der Sekunden Platz machte, über das man bei der Rückkehr in die gewöhnliche Welt, wenn die Tür wieder zu war, zu stolpern pflegte.

In diesen Kellern konnte Bartels auch dann noch aufrecht gehen, als er in das Alter kam, wo man über die Angst, die man als kleines Kind ausgestanden hat, zu lachen anfängt und begreift, was in der Welt geschieht, und die ferne Ankunft der Tiefflieger im Westen als erster hören kann und sie mit männlichem Herzklopfen erwartet, um zu zählen, wie viele es sind, und abzuschätzen, wohin sie wollen, und sich ihnen als weithin sichtbares Ziel winkend entgegenzustellen und dann den letzten möglichen Augenblick abzupassen, in dem das sichere Versteck noch erreichbar ist. Er konnte ihr Brummen auch als erster von dem der Bombengeschwader unterscheiden und so den genauen Zeitpunkt bestimmen, in dem die Familie die bereitstehende Notfallausrüstung nehmen und in den Keller gehen mußte. Meistens brannte die Glühbirne, umflattert von großen dummen bleichen Motten. Die Frauen begannen bald, den Keller mit Bänken, Tisch, Schlafpritschen, Petroleumlampe und einer Matte in einen Wohnbereich von äußerster Düsternis zu verwandeln, obwohl die Bomber ihre schwarzen Sprengkörper nicht an die Vororte verschwendeten und mit voller Ladung auf die lohnenderen Ziele zuflogen. Und weil sein Vater, der früher nur abends und abgearbeitet nach Hause kam, nun ganz weg war und der Großvater gebrechlicher, als man in seinem Alter sein mußte, hatte Bartels, was die Sicherheit betraf, mehr mitzureden, als in seinem Alter üblich war. Die Mutter entschied, daß man in den Keller ging, und er entschied wann.

Die dumpfe, von Erdfeuchtigkeit und rieselndem Salpeter schwere Luft schlug einem schon auf der Treppe entgegen, wo man sie einatmen mußte und wußte, daß es für eine Weile nichts anderes mehr zu atmen gäbe, und wurde, wenn man an den Regalen mit den vollen Gläsern und an den anderen Regalen mit den leeren Gläsern vorbeikam, schwerer und nahm dann nochmals dort eine neue Farbe an, wo in ihrer Kiste die Kartoffeln faulten und wo die Großmutter sagte, hoffentlich verfaulen sie uns nicht, und das jedesmal sagte, so daß Bartels, der schon zu alt war, um diesen Keller noch zu fürchten, ihn nur noch hassen konnte. Er haßte ihn, obwohl es der erste Ort war, wo er Verantwortung übernehmen sollte, nicht nur für den richtigen Zeitpunkt des Herunterkommens und des Wiederhinaufgehens, sondern gewissermaßen auch für seinen Bruder, der noch in einem Alter war, wo der Mensch sich fürchtet, und für seine Schwester, die vor Angst zitterte und es nicht zugeben wollte. Lieber wäre er nie mehr in diesen Keller gegangen, wo Verantwortung nur bedeutete, daß man nichts tun konnte, während diejenigen, die schon im Flakhelferalter waren, hinausgingen und etwas taten. In diesem Keller war es, daß seine Mutter gesagt hatte, es wäre besser, die Flugzeuge nicht abzuschießen, weil sonst der Krieg ewig dauern würde. Das hat Bartels eingeleuchtet. Und dieser Keller war auch der Ort, wo er mit ansehen mußte, wie seine Mutter, als wider alle Vernunft doch gleich neben dem Haus eine Bombe herunterkam und detonierte, die alles ins Wanken und das halbe Dach zum Einstürzen brachte, sich mit ihrem ganzen mütterlichen Gewicht auf ihren Jüngsten warf, als wollte sie ihn ersticken. In Wahrheit wird sie geglaubt haben, sagte Bartels später, ihn so vor Sprengkörpern und einstürzenden Trägern beschützen oder ihm das Sterben erleichtern zu können. Bartels hätte sie weggerissen, wäre er nicht unfähig gewesen, sich zu rühren. Es folgte ein unvergeßlicher lautloser Augenblick der Verwirrung angesichts der Tatsache, daß niemand gestorben war. Als dieser Augenblick, der gar nicht aufhören wollte, dann doch vorbei war, zeigte sich, daß alle heil geblieben waren und nicht alle Gläser mit dem Eingemachten zersprungen und daß durch die Luke, die sonst kaum Tageslicht durchließ, Schutt hereingefallen war. Wieviel Schutt es war und daß er geradezu eine Rampe zu bilden schien hinauf zu dem anstelle der Luke nun entstandenen Notausgang, war erst zu sehen, als der Staub sich gelegt hatte.

Ist das ein Grund, sich zu erinnern? Bartels hatte alles, was die Vergangenheit betraf, im Sinn, und das sollte genügen. Irgendwann muß der Mensch einen Punkt machen. Die einen sagen, man müsse sich bewähren, und die andern, man müsse ein neues Leben anfangen, und an beidem kann man auch zweifeln.

*

Es war noch früh im März, und der Übergang in die neue Jahreszeit deutete sich erst an, ohne daß bereits etwas geschehen wäre. Im Vorfrühling, sagt man, sterben mehr Menschen als in den anderen Jahreszeiten. Bartels lächelte. Er fühlte keinerlei Beengung mehr. Er fühlte sich nicht krank. Man hätte meinen können, es wäre noch Winter. Nur das Zwitschern der Vögel hatte sich schon verändert und zeigte das neue Leben an, das sie im Frühling beginnen.

Man würde erwarten, daß Röben einen Vogel zu Hause hat, einen Papagei oder einen Reiher. Er schaut den Spatzen gern zu und stellt sich vor, zwei von ihnen in einem Käfig zu halten. Bartels lacht über diese Vorstellung, Röben lacht dann auch, aber er hat keinen Vogel zu Hause. Röben hat einen Fisch. Es gibt auch Fische, die fliegen, aber seiner gehört nicht dazu. Zwei Fische wären besser, Röben hat nur einen, und von dem erzählt er. Jeden Mittwoch weiß er neue Geschichten von diesem Fisch, den er, als wären Fische glücklicher als Menschen, Felix nennt und für den er sorgt. Manchmal sind es alte Geschichten, die er noch einmal oder zum drittenmal erzählt. Bei Röben stört das nicht. Es ist wie Musik, die wir auch gern mehrmals hören. Bartels möchte keinen Fisch, er will die Verantwortung nicht, die ein Tier dem Menschen auferlegt. In Bartels Erinnerung wächst Röbens Fisch, wie die Fische wachsen in den Erzählungen der Angler. Bartels ist kein Angler, und Röben schon gar nicht. Wäre einer von ihnen ein Angler gewesen, dann wären sie einander wohl nie mehr begegnet. Jeder für sich hätten sie an einsamen Wasserläufen oder Teichen ihre Köder ausgeworfen und für nichts anderes ein Auge gehabt oder ein Ohr. Denn ob einer angelt oder nicht angelt, hat nichts mit der Geduld zu tun, die er mitbringt oder nicht mitbringt. Bartels hat früher genug Angler kennengelernt, die ihre Ungeduld kaum bezwingen konnten und auf die im dienstlichen Alltag, wo der kleinste Fehler Menschenleben kosten kann, überhaupt kein Verlaß war. Insofern war er dankbar, daß er eine Tochter bekommen hatte, die keiner Fliege ein Bein ausreißen wollte, geschweige denn einem Fisch einen Haken ins Maul stoßen, wie Söhne es sich offenbar wünschen. Früher, wenn montags die Kollegen aus dem Wochenende zurückkamen und, während sie sich für den Dienst umzogen, erzählten, wie sie mit ihren heranwachsenden Nachkommen an Flüssen gestanden und geangelt und was sie gefangen hatten, dann hätte Bartels es vorgezogen, auch einen Sohn zu haben und von ihm zu erzählen. Aber die Zeit war vorbei und nicht mehr wichtig.

Manchmal kam noch ein Brief von seiner Tochter, in dem sie erzählte, wie es ihr ging, und ihn fragte, wie es ihm ging, und Bartels machte diese Briefe jetzt nicht mehr auf, weil er sie hätte beantworten müssen und nicht wußte, wie. Nicht daß er sie wegwarf. Wenn so ein Brief kam, legte er ihn sorgfältig in die Mappe zu den andern, zog seinen Mantel an und ging aus dem Haus.

Bartels zweifelte, ob ein anderer an seiner Stelle gewußt hätte, was man tun muß. Vielleicht hätte Röben es gewußt, wenn er eine Tochter gehabt hätte, aber Bartels wußte nicht, ob Röben eine Tochter hatte. Lieber hätte er sich die Zunge abgebissen, als danach zu fragen. Vielleicht war das ein Fehler.

Nein, sagte Bartels, kein Fehler, denn Fehler kann man nicht wiedergutmachen, nur ein Versäumnis, das sich nachholen läßt, wenn man will. Ich werde ihn fragen, sobald er kommt.

Manchmal vermutet Bartels, Röben sei schwerhörig. Er hat Grund zu dieser Annahme. Aber zugegeben hat Röben es nie. Er sei in Gedanken, sagt er, und Bartels schweigt. Es hat Tage gegeben, an denen Röben ihn bat, lauter zu sprechen. Er, Röben, der kaum sprach und sich immer aufrecht hielt und unruhig wurde, sobald jemand seine Stimme erhob, der sich ängstlich umschaute, wenn unbekannte Geräusche auftauchten, und darauf bestanden hatte, daß sie sich nur noch an Orten trafen, wo niemand sprach oder schrie oder zuhörte, dieser Mann hielt auf einmal seine Hand ans Ohr und bat Bartels, lauter zu sprechen, stand aber auf, als Bartels lauter sprach.

Die Bank war lange nicht mehr lackiert worden, war es wohl nie gewesen, war also nie richtig naß und selten richtig trocken, wenn sie es aber war, war sie trockener, als eine andere Bank je sein konnte. Und wenn gegen Abend der Westnordwest auffrischte, war es möglich, noch eine Weile sitzenzubleiben und zu sehen, was Röben zu sagen hatte. Aber so weit war es noch nicht.

In der Ferne, tiefer gelegen und unsichtbar, verlief die Autobahn, und nur wenn der Wind richtig stand, ließ sich das Rauschen der Fahrzeuge hören, die es eilig hatten, unabhängig davon, wie viele Menschenleben sie auf diese Weise gefährdeten. Einmal im vergangenen Sommer, als der Wind richtig stand, hatte Bartels, bevor Röben kam, ein schnelles Kreischen gehört, einen Knall und eine lange Stille und erst viel später, als Röben schon gekommen war und sich neben ihn gesetzt hatte, die Sirenen der Unfallwagen. Endlich, sagte Bartels und überredete Röben, sogleich wegzugehen und nie wiederzukommen. Aber es war nicht einfach, wirklich gute Plätze zu finden. Und warum sollte es anderswo nicht auch Unfälle geben? Seitdem hütete Bartels sich vor diesem Wind. Wenn er wehte, mochte er nicht bleiben, sich nicht setzen, wartete im Stehen, ging auf und ab, machte sich auf den Weg in die Richtung, aus der Röben kommen mußte, und lief ihm entgegen, sobald er ihn von weitem sah. Das war gegen die Abmachung. Jeder kam für sich allein und ging für sich allein wieder weg.

Den Fluß dagegen hätte er gern im Ohr gehabt, der ebenfalls unsichtbar im Tal auf die Stadt zufloß, aber das war unmöglich, weil Flüsse leise sind, und eine Eisenbahnlinie gab es zum Glück weit und breit nicht.

Es gab nichts zu fürchten. Das einzige, wovor Bartels sich in acht nehmen mußte, waren Jugendliche, wenn sie zu mehreren unterwegs waren. Ihn erstaunte daher zu erfahren, daß die Kriminalität der Jugendlichen, wenn man sie auszählte, offenbar nicht zu-, sondern sogar abgenommen hatte. Bartels nahm darum an, daß das, was er täglich sah, heute im Gegensatz zu früher nicht mehr als kriminell, sondern als eine Variante von zwar unangenehmem, aber doch normalem Verhalten eingeschätzt wurde. Oder, sagt Röben, wir haben früher nichts davon mitbekommen. Ja, unterwegs zwischen Dienst und Wohnung, was sieht man schon, sagt Bartels.

Im Alter dagegen, die langen Strecken, sagt Bartels weiter. Da läßt es sich nicht vermeiden.

Genau, sagt Röben.

Und Bartels sagt: Nie siehst du einen Tag als Ganzes. Du starrst auf alles mögliche und siehst doch nicht, was du sehen solltest.

Genau, sagt Röben.

*

Bartels sitzt auf der Bank. Die Sonne geht weiter. Er ist immer ein wenig zu klein gewesen. Lange hat er erwartet, das werde mit dem Alter besser werden oder nicht mehr stören. Das wächst sich aus, hörte er die Stimme seiner Mutter sagen, und sie sagte diesen Satz nur, weil sie ihn immer sagte, wenn sie nicht wußte, wie mit etwas fertigzuwerden war, das nicht in ihrer Macht stand.

Jahre ist es jetzt auch her, daß Bartels aufgehört hat, sich im Spiegel anzusehen. Er weiß längst, was er dort sieht. Sein kleiner Spiegel dient nun dazu, die Welt hinter ihm zu betrachten, ohne daß er sich umdrehen muß. Boxen hätte er einmal lernen wollen, das war früher, davon hat er sich etwas versprochen. Man braucht keine geschickten Finger. Man muß nicht groß sein, nicht schwer. Boxen kann jeder, und Bartels hat es dann doch nicht gelernt. Bei der Eisenbahn braucht man nicht zuzuschlagen. Da kommt es auf Zuverlässigkeit an.

Bartels stand auf.

Röben wird kommen, sagte er.

Wenn Röben kam, sah das von weitem oft aus, als könnte er gehen, ohne mit seinen Sohlen Eindrücke zu hinterlassen, oder als sei, wenn er im Gehen den Boden berührte, das etwas Freiwilliges, das er ebensogut lassen könnte.

Bartels ging ein paar Schritte. Er könnte Röben entgegengehen. Aber das war nicht ihre Abmachung. Jeder kam für sich allein und ging für sich allein wieder weg. Dann blieb er stehen. Oben zwischen den fortziehenden Wolken war schwer zu erkennen, ob die Sonne schon weniger hoch stand oder ob Bartels das nur glaubte.

Wozu herumgehen? Wozu den Weg zur Brücke nehmen oder den zum Wäldchen? Oder zurück zu den Häusern und die Auslagen des Gärtners ansehen? Das wäre ja fast, als wartete er und versuchte, es nicht zu zeigen. Warten kam nicht in Frage. Sitzen war besser. Sonne, ein paar Wolken, etwas Blau, das hatte mit Warten nichts zu tun.

Bartels setzte sich wieder, denn in Wahrheit wartete er, so am Mittwoch auf der Bank an der Scheunenwand sitzend, die Augen gegen das Licht gerichtet, auf Röben. Er nannte es nicht so. Er saß. Er schaute. Er hörte das Zwitschern der Vogelwelt und ein Rumpeln vom Hof hinter ihm, das ohne Bedeutung war. Ein Traktor holperte ins Feld hinaus mit einem Mann darauf, der bei genauerem Hinsehen kein Mann, sondern noch ein Kind war. Röben hätte als Kind gern ein Mädchen sein wollen, weil er annahm, daß ihn die andern, die richtige Männer werden wollten, dann in Ruhe lassen würden. Später hat er nicht mehr davon gesprochen. Nein, hat Röben später gesagt, ich rasiere mich gern. Das erschien Bartels unsäglich komisch. Er lachte aber nicht darüber, jedenfalls nicht an dem Nachmittag, als Röben es sagte. Später schon, wenn es ihm wieder durch den Sinn ging. Und das geschah jetzt oft, wie ihm alles, was ihm einmal in den Sinn kam, gewissermaßen treu blieb und, um nicht vergessen zu werden, ihm stets von neuem durch den Kopf ging, ratterte, rollte oder flog. Sein Kopf war durchsummt oder beflügelt von Gedankenschwärmen, die besuchsweise in ihm herumirrten und den Ausgang nicht finden konnten.

Es war in einer Supermarktschlange, wo man darauf wartet, seine Sachen aufs Band zu legen, als Bartels diesen Satz hörte. Drei oder vier Jugendliche in seltsamer Ausrüstung machten sich lustig über einen Mann, der ein Pflaster im Gesicht hatte. Und mit einer Stimme, die Bartels seit Jahrzehnten nicht gehört hatte, sagte der Mann: Nein, ich rasiere mich gern. Er ist es, dachte Bartels. Dieser Mann ist Röben.

Röben! sagte Bartels.

Bartels! sagte Röben.

So hatten sie sich wiedergefunden. Wiedergefunden ist nicht das richtige Wort, denn sie hatten einander nicht gesucht oder vermißt oder gar verloren. Der Mensch redet, und immer geht es darum, wer man gewesen ist. Genau das will Bartels nicht, und Röben ist der Mann, dem man das nur einmal sagen muß. Wahrscheinlich ist sogar das eine Mal überflüssig. Er weiß es auch so. Carl heißt er, mit C wie mein Bruder, sagt Bartels, nur daß wir ihn nicht Carl, sondern Erich genannt haben. Dieses C hat mich immer gerührt. Fragen Sie nicht warum. Ich weiß es nicht. Ich habe ihn Röben genannt, nur Röben, schon in der Schule. Er sagt selbst, daß er so heißt, wenn man ihn fragt.

Eigentlich sollte ich, denkt Bartels, wenn ich hier so allein sitze, nicht mit mir selber reden oder mit Ihnen, wenn Sie nicht da sind, denn das kommt aufs gleiche heraus. Davor muß man sich hüten, wenn man alt wird, obwohl es ein Irrtum ist zu meinen, nur alte Leute sprächen mit sich selbst. In der Klinik waren die meisten jünger als ich und haben doch mit sich selbst gesprochen. Wer damit aufhört, gilt als gesund und wird entlassen. Vielleicht sollte ich, während ich hier sitze, mit Röben sprechen. Aber das geht nicht. Das ist nie gegangen. Fragen Sie nicht, warum nicht.

Bartels konnte sich kaum etwas Schöneres vorstellen, als dazusitzen in der Gewißheit, Röben werde kommen, wie er jeden Mittwoch gekommen war. Um dieses Dasitzens willen kam Bartels früher, als ein anderer für sinnvoll gehalten haben würde. Links vom Stadtrand her, der von ein paar Vorstadtstraßen mit kleinen Häusern gebildet wurde, kam eine mit ausgefransten Bäumen bestandene Straße langsam die Anhöhe herauf und machte wohl auch so etwas wie einen Bogen, so daß, wenn jemand kam, man ihn erst dann sah, wenn sich schon erste Vermutungen darüber anstellen ließen, um wen es sich handelte. Bei Röben war immer vom ersten Blick an alles klar. Er hatte diese einzigartige Weise zu gehen. Vermutlich hatten andere, die die Straße heraufkamen, das auch, nur wird einer, der uns nicht vertraut ist, uns auch nicht einzigartig vorkommen. Er zog das rechte Bein etwas nach. Es soll mit diesem Satz kein falscher Eindruck erweckt werden, etwa so, als sei Röben beschädigt oder hinke gar. Denn Röben, wenn er sein Bein nachzog, tat es, weil er es so wollte, und nicht, weil er nicht anders konnte. Röben konnte, wie er wollte. Nichts und niemand auf der Welt hätte ihn zwingen können, sein Bein nachzuziehen. Wenn also Röben auf dem linken Bein immer einen nachdenklichen Sekundenbruchteil länger verweilte, richtete er sich zugleich ein wenig auf, als wollte er beweisen, daß er ein Ganzes war und nicht aus Einzelteilen bestand, die von seinen Wünschen unabhängig ihren eigenen Absichten folgten. Und wenn er dann unter herabhängenden Zweigen der ferneren Bäume sichtbar wurde, verwandelte sich der zuerst bloß denkbare Augenblick, da er bei Bartels ankommen mußte, sogleich in etwas Genaueres, geradezu Berechenbares. An diesem Punkt breitete Röben manchmal die Arme aus, wie Bartels es noch bei keinem anderen Menschen gesehen hatte, sein Übergangsmantel flatterte, und bis er sie wieder sinken ließ, sah er aus wie früher die Vogelscheuchen oder Engel.

Sein Näherkommen bestand dann aus einer Folge von Augenblicken, die sich mit zunehmender Geschwindigkeit aneinanderreihten, so daß die einzelnen Bilder sich ineinanderzuhaken und miteinander zu verkleben drohten. Oft war es nötig, den Atem anzuhalten, wenn der Wagen der Zeit vorüberdonnern wollte. Denn wenn Bartels darauf bestand, sich die Einzigartigkeit der Tage nicht entgehen zu lassen, mußte der Charakter der einzelnen Bilder gewahrt bleiben, und sie durften sich weder zu einem Film zusammenschieben, wie ihn die Erinnerung uns durch den Kopf zieht, noch sich zu jenem Strom der Erwartung aufstauen, der uns jede Gegenwart raubt. Vor diesem Strom muß der Mensch sich hüten. Er schwemmt uns davon, unaufhaltsam zwischen seinem Geröll und den an seinen Ufern ansteigenden Schuttmoränen, wo die Menschen sich übereinander werfen, er schiebt uns weiter, läßt nicht mehr los, während er weiterzieht und mehr Wasser führt und uns bald keinen Blick mehr gewährt auf seine Ufer, wenn er gegen die Mündung zu noch breiter wird, uferloser, landferner, langsamer und grau, bis er uns hinauszieht ins offene Meer. Bartels zog es vor, am Ufer zu stehen, festen Boden unter den Füßen, und die Übersicht zu behalten.

Seit Jahren hatte er das Warten aufgegeben. Alles, was er heute besaß, und Bartels meinte damit keinen materiellen Besitz, hatte er gewonnen, indem er sich das Warten nicht mehr erlaubte. Die bloße Gewißheit, daß Röben kommen werde, machte ihn glücklich, wenn wir hier einmal die Tatsache, daß er lächelte, als Glück bezeichnen wollen. Er wünschte, diese lächelnde Gewißheit möge lange anhalten, und sie hielt um so länger an, je später Röben kam. Röben war der richtige Mann dafür. Er kam immer spät. Er freute sich darauf, spät zu kommen. Für ein Zuspätkommen dagegen hatte er nichts übrig. Zu spät zu kommen konnte ihn zutiefst unglücklich machen, so sehr, daß Bartels nichts wußte, was ihn wieder hätte ermuntern können, wenn er sich einmal wirklich verspätet hatte. Am einfachsten wäre gewesen, die Tatsache zu leugnen und den Zeitpunkt, an dem Röben erschienen war, als den richtigen zu behandeln. Röben jedoch ließ, wenn es um Tatsachen ging, nicht mit sich handeln. Er entschied, was zu spät war, und blieb untröstlich.

Auf die feine Linie zwischen spät und zu spät oder, wenn Sie so wollen, zwischen Glück und Unglück, hatte Bartels keinen Einfluß. Er mußte sie hinnehmen, wie sie war, und er versuchte nicht daran zu denken, wenn er sich auf die Bank setzte, wenn er seine Beine streckte und ins Licht sah.

*

Bartels kontrollierte mit der Linken seine Tasche. Ich habe die Schere, sagte er, wie der Zugführer vor Antritt der Fahrt sein Gerät kontrolliert oder der Kopilot das Vorhandensein und die Funktionstüchtigkeit der Instrumente meldet. Ich habe alles, was man braucht, und alles erste Qualität, aus der Katharinenstraße, nichts Eingeschweißtes aus dem Warenhaus. Bartels hat sich beraten lassen. Der Kunde ist König, haben sie zu ihm gesagt. Aber Röben bringt immer seine eigenen Sachen mit. Das ist nicht nötig, sagt Bartels. Röben sagt: Man kann nie wissen. Natürlich kann man nie wissen. Das weiß jeder.

Seit sie aus der Schule waren, hat er Röben nie mehr gesehen. Er hat nicht einmal etwas von ihm gehört. Das war damals so, denkt Bartels. Vielleicht ist Röben nach der Schule Lehrer geworden. Er wollte das. Ich muß ihn danach fragen, sagte Bartels. Das sagt sich leicht. Das Entsetzliche an Fragen ist, daß, wenn wir sie irgendwann doch stellen, hinter ihnen alles andere hervordrängt, was wir auch nicht wissen, ohne den Mut zu haben, danach zu fragen. Und die Vergangenheit ist ein so großer Teil des Lebens, daß wir gut daran tun, die

Gegenwart gegen sie in Schutz zu nehmen. Wie leicht geschieht es, wenn wir nicht achtgeben, daß der Damm bricht und die ganze Masse des Vergangenen sich ergießt und alles zudeckt, was noch übrig ist. Oder, fuhr es Bartels in diesem Augenblick durch den Sinn, ist es auch möglich, mit der Gegenwart alles andere zuzudecken?

Auf dieser Bank fällt es nicht auf, wenn einer mit sich selber redet. In der Straßenbahn und im Zimmer geht das natürlich nicht, obwohl es sich nicht immer vermeiden läßt. Er kann sich Röben gut als Lehrer vorstellen. Unsere Mutter hat es sich gewünscht, sagt Bartels, aber Lehrer wollte ich nie werden. Dabei wußte ich noch nicht, was man heute weiß. Nur die Hälfte aller Lehrer erreicht das Pensionsalter. Einige geben vorher auf. Die meisten machen weiter, so lange sie können. Viele sterben. Bartels dachte an seinen Bruder, der das auch nicht gewußt hat. Er ist Lehrer geworden, dachte er, und alle haben ihn dafür gelobt. Trotzdem müssen wir heute sagen, wenn er nicht Lehrer geworden wäre, könnte er noch am Leben sein.

Bartels wollte zur Eisenbahn wie alle Kinder, nur daß er dabeigeblieben ist. Na gut, hat sie gesagt, Bartels' Mutter, Eisenbahn ist auch gut.

Bartels weiß nicht, was sie sich dabei gedacht hat. Vielleicht schwebte ihr ein ordentlicher Betrieb vor, in dem die Dinge geregelt sind und nichts passieren kann. Das war eine vernünftige Überlegung so kurz nach der Währungsreform, als mit der neuen Mark wieder eine gewisse Sicherheit denkbar schien. Was soll daran gut sein, sagt Bartels heute, an einem Betrieb, in dem es so viele Vorschriften gibt, daß nichts mehr liefe, wenn sie alle eingehalten würden? Und außer den Vorschriften gibt es naturgemäß nichts als menschliches Versagen. Andererseits weiß Bartels, daß es das anderswo auch gibt, nur daß nicht immer gleich Menschenleben auf dem Spiel stehen. Und über die Angst des Lokführers vor denen, die sich vor den Zug werfen, denkt Bartels, haben wir auch nichts gewußt. Sie nicht und ich nicht. Wenn es in Romanen vorkam, haben wir nicht gewußt, was es bedeutet. Sobald etwas als Tragödie erscheint, hören die Leute auf zu denken. Die Statistik sagt heute, daß es im Durchschnitt jeden einmal trifft, in den Bahnhöfen, von den Brücken, auf freier Strecke. Bartels hat Glück gehabt, das weiß er, es hat immer die anderen getroffen.

Ich muß Röben fragen, denkt Bartels, wie es kommt, daß er allein ist. Ich hätte es längst tun sollen. Aber es ist nicht leicht. Röben wäre der letzte, den Bartels in Verlegenheit bringen möchte. Bartels glaubt, daß Röben im Gefängnis war, und weiß nicht, warum er das glaubt. Röben hat nie etwas davon gesagt, und nichts davon zu sagen muß nicht heißen, daß es verschwiegen wird. Bartels war nicht im Gefängnis, wegen der Bewährung, und er hat es nicht verschwiegen, obwohl kein Sinn darin lag, es zu sagen. Er hat es sofort bereut, denn Röben schaute ihn daraufhin verwirrt an wie früher, wenn er nicht wußte, was er sagen sollte angesichts dessen, was andere zum besten gaben, die richtige Männer werden wollten. Du hast mich falsch verstanden, sagte Bartels, es war nur ein ganz kleiner Fehler, wie ihn jeder macht, jeden Tag.

Auch die Kriegszeit, als man froh sein mußte, sie lebendig zu überstehen, war eine Zeit voller Vorschriften, in der nicht alles, was man für sinnvoll hielt, erlaubt war. Außerdem gab es unbegrenzte Möglichkeiten, Übertretungen zu begehen, die mit dem Tod bestraft wurden. Es war unmöglich, sie alle zu kennen. Bartels' Mutter sagte: sprich nicht mit Fremden. Das war das Wichtigste. Im übrigen mußte man Glück haben, und Glück hatte er. Die ganze Familie hatte Glück und lebte noch, als der Krieg vorbei war.

Das einzige, was passierte, war dieser unerwartete Schuttkegel im Keller mit seinem unerwarteten Notausgang, den sie einem amerikanischen Bomber verdankten, während die englischen des Nachts kamen und die verdunkelten Städte suchten. Das Kind, das Bartels damals war, wünschte sich, daß die sogenannten Terror-Flugzeuge diesen Krieg bald gewinnen und damit anfangen sollten, eine bessere Welt einzurichten, obwohl man überall das Gegenteil hörte.

Der Schuttkegel aber wollte Bartels, als die Zeiten friedlicher wurden, nicht mehr aus den Sinn und schob sich vor alles, was auch nur eine entfernte Ähnlichkeit damit hatte. Er konnte nichts dagegen tun, obwohl er in den folgenden Jahren viel größere Schutthaufen zu Gesicht bekam, die ihn jedoch immer und vor allem an jenen ersten erinnerten. Diese Erinnerung hinderte ihn sogar auf einer Reise, die ihn viel später durch die Vereinigten Staaten führte, an der Betrachtung der ungeheuren südwestlichen Tafelberge, weil sein Blick, statt sich an der weiten Landschaft und ihren Farben zu freuen, an die Schuttkegel gefesselt blieb, die in der Gestalt von raubtierartigen Pranken die Berge in die Ebenen gekrallt hielten, obwohl dieser Schutt nicht von plötzlichen und unvorhersehbaren Vorgängen herrührte, sondern sich in Jahrtausendschritten bewegte und aufbaute und alles andere als einen Notausgang darstellte. Wie Löwenfüße! rief sein Mädchen, das noch zu klein war, um eine solche Reise würdigen zu können. Und seine Frau übernahm das Steuer, als er anhielt und sich die Hände vors Gesicht schlug.

Sich die Augen zuzuhalten, half nichts gegen diesen Schuttkegel im Keller, der nicht weggeräumt wurde, weil er die einfachste Möglichkeit darstellte, die offene Stelle, wo vor der Bombe die Lüftung gewesen war, wenigstens teilweise abzuschließen, so daß er bei Kriegsende noch da war, als gehörte er zum Haus. Staubig und voll Ungeziefer, so erhob er sich noch immer vor seinem falschen Notausgang, als während des Einmarschs die Haustür eingeschlagen wurde und drei Soldaten hereinkamen, von denen einer oben an der Treppe stehenblieb, der nächste die Treppe heruntersprang und sein Gewehr abwechselnd auf die Alten und die Kinder in ihrer Ecke richtete und damit in den Regalen und den Kartoffeln herumstocherte, so daß alles, was heil geblieben war, in diesen Minuten zerbrach. Und der dritte rannte gebückt weiter und schlug sich den Kopf an und fiel und sprang wieder auf, bis er die Mutter, die zur Luke hinauswollte, auf der Schräge des Schutts mit riesigen Händen abfing und sich so auf sie warf, wie sie sich in diesem selben Keller auf ihren Jüngsten geworfen hatte. Und während die Alten und die Kinder nicht hinzusehen wagten, eigentlich nirgends mehr hinzusehen wagten, war die Stille nicht anders, als jene andere Stille gewesen war. Und hinter der Stille immer diese Geräusche, die der Mensch vergessen möchte.

Bartels erinnert sich auch an den Tag, er war längst im Beruf, als sein Bruder gesagt hat, die Mutter hätte nach dem Krieg noch ein Kind geboren. Bartels haßte ihn dafür. Sie hat es weggegeben, sagte sein Bruder als nächstes. Das ist nicht wahr, sagte Bartels, das müßte ich doch wissen.

Daß Bartels es haßte, unterwegs von seinem jüngeren Bruder überholt zu werden, war richtig, aber daß er ihn gehaßt hätte, war falsch. Geliebt hatte er ihn. Kleine Rangeleien unter Brüdern haben damit nichts zu tun. Nach seinem Tod hatte Bartels nicht gewußt, wie er weiterleben sollte, aber der Mensch muß das meistens gar nicht wissen, weil es von selber weitergeht, ohne daß wir wissen, wie. Und wer eine Familie hat, muß sich um die Einteilung der Stunden keine Sorgen machen.

Lange Zeit haben alle gedacht, ich hätte ihn umgebracht, sagt Bartels. Niemand sagt ein Wort, aber alle haben es gedacht. Ich kann keinen Menschen umbringen, sagt Bartels. Es war ganz anders. Und wenn er nicht Lehrer geworden wäre, würde er noch leben. Aber er mußte sich ja unbedingt die Gegend ansehen für diese Bergwanderung mit seiner Klasse. Und ich mußte unbedingt mit. Er hat es gewollt. Und Spaß hat es gemacht. Aber daß weiter unten ein Schuttkegel war, hätte ich sehen müssen. Ich war der Ältere. Ich habe es nicht gesehen. Erich auch nicht. Es war weit weg. Und Rangeleien mußten natürlich sein. Daß man oben bei der Bank ausrutschen und dann bis unten keinen Halt mehr finden könnte, das haben wir beide nicht gedacht.

Die Mutter war schon gestorben, und seine Schwester hat ihm kein Wort geglaubt. Bartels weiß nicht, wo sie jetzt ist. Irgendwo in einem Vorstadtreihenhaus stellt er sie sich vor,

Wilma mit Gärtchen vorne und hinten und Enkelkindern, die einmal in der Woche hereinschauen müssen. Wir haben sie beide gehaßt, denkt Bartels. Bartels haßte sie, weil alle Welt fand, daß sie so niedlich war mit ihren Locken, und Erich haßte sie, weil sie sich als Reservemutter aufspielte, wo sie konnte. Mit mir, denkt Bartels, hätte sie das nicht machen können.

Wer hätte gedacht, denkt Bartels, daß ausgerechnet der kleine Röben einmal der einzige Mensch sein wird, der mir bleibt? Was für ein Gedanke! Röben wird kommen, sagt Bartels. Röben ist immer gekommen, jeden einzelnen gottverdammten Mittwoch ist er gekommen. Keinen hat er ausgelassen. Er wird kommen, wie er immer gekommen ist, und wir werden uns die Nägel schneiden, wie wir es immer getan haben. Hände und Füße. Auf Röben ist – wie sagt man das – diese Worte machen sich selbständig. Sie kommen und gehen, wie sie wollen. Und plötzlich hast du etwas gesagt, was du gar nicht sagen wolltest: auf Röben ist Verlaß. Plötzlich hast du etwas gedacht, was du gar nicht denken wolltest.

Damit, daß sich einer vor den Zug wirft, muß man immer rechnen. Man lernt das. Man denkt dauernd daran. Und dann im entscheidenden Augenblick rechnet man doch nicht damit, sagen die, die es erwischt hat. Was sollte man auch tun? Wenn es geschieht, geschieht es immer zu schnell. Daß diese Leute sich das Leben nehmen wollen, geht mich nichts an, sagt Bartels. Das ist ihre Sache. Aber nicht so. Daß ihre Beine, Arme oder Innereien dann einzeln auf dem Bahnsteig oder im Schotter liegen, daran denken sie nicht. Oder doch? Und daß andere Leute das dann einsammeln müssen, wollen sie das auch? Aber an Verspätungen denken sie. Einer hat mal einen Abschiedsbrief geschrieben über den Zug, den er nehmen wollte, ein ganz bestimmter sollte es sein, ein Zug in die Hauptstadt – und die Verspätung, das war genau das, was er gewußt und gewollt hat, schreibt er. An die Kollegen in den Loks und an die Leute, die nachher zusammenräumen müssen, an die denken sie nicht. Technische Störung heißt das dann im Betrieb, wenn man den Fahrgästen erklären soll, warum sie auf die Weiterfahrt so lange warten müssen. Und Fahrgäste können sehr ungeduldig sein. Die Verspätungen nehmen ja auch zu, heißt es.

Bartels vermied es, dem Bahnhof zu nah zu kommen. Er hielt sich auch fern von den Gleisen, die in der Tiefe in einer Art Schlucht aus der Stadt hinausführten, wo sie nicht von Böschungen, sondern von senkrecht gemauerten Wänden eingefaßt waren, an denen sich nur ganz unten ein wenig Schotter hinaufzog. Nur um eine Brücke kam er nicht herum, welche die Straße über diese Schlucht führte.

Röben kannte die Brücke auch. Die beiden Männer hätten sich ebensogut dort treffen können. Er kannte sie gut, die Brücke, wiederholte Röben.

Das ist deine Sache, hat Bartels ihm auf den Kopf zugesagt. Nimm Tabletten, nimm Gift, nimm einen Strick, geh ins Wasser, aber vor den Zug wirfst du dich nicht. Einen Güterzug wollte er nehmen, hat er gesagt. Er hatte eine alte Geschichte laufen mit Güterzügen. Keine wie die amerikanischen, mit denen man, wenn man's kann, umsonst in den Westen fährt, im Kino jedenfalls. Im Leben, da fahren sie alle mit dem Auto. Bartels wollte immer gern wissen, ob es das früher im Leben wirklich gegeben hat oder ob diese Züge für den Film erfunden worden sind. Ich glaube nicht alles, sagt Bartels, was man mir zeigt. Aber das waren nicht die Züge, die Röben gemeint hat. Seine Geschichte handelte von Güterzügen, wie wir sie hier bei uns kennen, und diese Geschichte hat er nie erzählt.

Röben ist nicht dumm. Aber denken, daß vorne ein Mann sitzt, und daß er diesen Mann dazu verdonnert, ihn totzufahren und dann mit dieser Erinnerung weiterzuleben, so weit reicht es nicht, wenn er denkt, denkt Bartels. Aber Bartels hat es erklärt, und Röben hat es begriffen. Warum er darüber gelacht hat, denkt Bartels, und wieder angefangen hat zu lachen, wenn er sich kaum beruhigt hatte, das habe ich dann nicht begriffen. Aber ich muß nicht alles begreifen. Die Hauptsache ist: er hat sich vor keinen Zug geworfen. Er kommt, und zwar jeden Mittwoch.

Manchmal war Bartels nahe dran, ihn zu fragen. Es geht einem soviel durch den Kopf, denkt Bartels oft, immer dasselbe in neuer Reihenfolge. Aber das täuscht. Eine Sache, die der Mensch schon hundertmal gedacht hat, verändert sich und ist beim nächstenmal nicht wirklich dieselbe, obwohl wir uns das oft wünschen und verzweifeln können, wenn es nicht so ist.

Was ist los, müßte ich ihn fragen, denkt Bartels, das wäre ein Anfang. Aber wenn ich mir sein Gesicht neben mir vorstelle, seine Augen geschlossen, wie er es in die Sonne hält und aussieht, als lächelte er, dann weiß ich gut, daß er nicht lächelt. Ich brauche es gar nicht anzusehen und frage nichts. Was sollte er denn auch sagen?

In Wahrheit habe ich Angst, daß er nicht mehr kommt, wenn ich ihn so frage. Das ist die Wahrheit.

Ich werde also nicht fragen. Er fragt auch nicht.

Denkbar wäre, daß Röben nicht hört, was Bartels sagt. Er hört oft schlecht.

Merkwürdig ist, denkt Bartels, daß ich nicht weiß, wo er wohnt. Ich weiß nur, wo man ihn trifft. Das wundert mich. Ich werde ihn fragen, wenn er kommt. Wenn ich die richtigen Worte finde.

*

Im Vorfrühling, dachte Bartels noch einmal, weil er es oft denkt, sterben mehr Menschen als in den andern Jahreszeiten. Der Vorfrühling verwirrt sie. Die Sonne wärmte nicht mehr, Bartels saß in ihrem Licht und nickte. Aufbruchstimmung, sagte er. Das hat etwas Verführerisches. Der Vorfrühling verwirrte ihn auch. Aber das war nicht das richtige Wort. Mehr Worte als sonst versteckten sich, wenn er sie suchte, und weigerten sich, ihren Dienst zu tun. Ungestümer als im Winter flogen die Gedanken durch seinen Kopf, ohne die angestammte Ordnung zu beachten, die er ihnen nach reiflicher

Überlegung zugewiesen hatte. Ereignisse aus verschiedenen Orten und verschiedenen Zeiten brachen gleichzeitig aus dem Gebüsch. Geräusche ohne Zusammenhang klangen aus den Kulissen, Personen, die sich noch nie gesehen hatten, standen gleichzeitig auf der Bühne.

Bartels schüttelt den Kopf. Ein Wildhaber zum Beispiel, ein Graupner oder Graupki, ein Fricke, die nicht mehr wichtig sind und doch erscheinen. Das ist Vergangenheit, sagt Bartels.

Die vorgesetzten Stellen haben ihm schon vor der Verhandlung angeboten, in der Güterabfertigung weiterzuarbeiten. Er war glücklich, ging hin und konnte es nicht. Er verstand, was er dort tun sollte, und war nicht imstande, es auszuführen. Er konnte nicht erklären, warum es unmöglich war. Niemand konnte diese Unfähigkeit verstehen, und er selbst auch nicht. Ihm war, als hörte er die Signalbahn, die seine Absicht vom Gehirn in die zuständigen Körperteile weiterleiten sollte, knirschen, und nichts bewegte sich. Das sah aus, als stände er einfach da und hätte nichts gehört. Dabei war es ganz anders. Furchterregende Spalten von vollkommener Stille taten sich vor ihm auf. Dennoch hörte er alles, er hörte mehr als früher, oft auch das, was andere nicht hörten, aber der Weg zur Ausführung war nicht freigegeben.

Männer, die schon länger dort arbeiteten, tippten sich an die Stirn. Oder sie glaubten, so ein Versetzter verweigere die Arbeit, weil er sich zu gut war dafür und weil er schlechter bezahlt wurde als früher. Da wolle er, sagten sie, sich die Hände wohl nicht schmutzig machen.

Bewährung ist ein schönes Wort. Gern wollte Bartels sich bewähren. Dabei war sein ganzes Berufsleben bis dahin nichts anderes gewesen als eine einzige fortlaufende, durch kein noch so geringes Versagen getrübte Bewährung. Niemand zweifelte daran, außer dem Schöffengericht, das ihm Bewährung auferlegte, und einem unbekannten Schiller, der das spätere Disziplinarverfahren für nötig hielt und dafür die Formel fand, es müsse Bartels als einem Bahnbeamten nachdrücklich vor Augen geführt werden, daß er seine Pflichten künftig einwandfrei zu erfüllen habe.

In der Klinik, wo eine Woche der vorangegangenen unbegreiflich und aufs Haar glich, fing Bartels, nachdem dieses Papier gekommen war, jeden Morgen damit an, daß er es wie einen Dienstplan aus der Mappe nahm und vor sich hinlegte und von neuem las, einmal, nicht öfter, denn das eine Mal genügte bis zum nächsten Morgen. Am Anfang, als er darauf bestehen mußte, die Mappe neben seinem Bett zu haben, damit er jederzeit danach greifen konnte, waren sie mißtrauisch gewesen und hatten wissen wollen, um was es sich handelte, aber Bartels war nicht bereit, Auskünfte zu geben, welche die Vorschrift nicht verlangte, und das hatten sie akzeptieren müssen.

Bartels hatte sich Mühe gegeben, freundlich zu sein, was ihm im ersten Jahr, obwohl es in seiner Natur lag, nicht leichtfiel. Aber in den Gruppensitzungen das Vorgefallene zur Sprache zu bringen, das durfte niemand von ihm verlangen. Acht Tote. Und dann die Schwerverletzten, das läßt sich nicht zur Sprache bringen. Auch dieser Hund nicht, der aus dem Gebüsch brach und dann doch kein Selbstmörder, sondern bloß ein Hund war, und wie Bartels im Rückspiegel sah, daß der Hund wieder zur Seite sprang und nicht mitgeschleift wurde auf dem Schotterbett, so daß er erlöst durchatmete und nicht auf das Signal achtete. Bartels kannte die Strecke, und es war das erste Mal, daß an dieser Stelle die Fahrt nicht freigegeben war.

Bartels schaut in seinen kleinen, jetzt zweiteiligen Spiegel, obwohl er sich vorgenommen hat, das nie wieder zu tun. In den Splittern sieht er das verwitterte Holz der Scheunenwand hinter sich und denkt, Röben wird kommen. Der Spiegel ist schon alt. Früher hat er seiner Frau gehört und ist jetzt, denkt Bartels, das einzige, was er aus dieser Zeit noch besitzt. Alles andere ist neu und fremd.

Wer sich erinnert, ruft, statt etwas zu ändern, nur neue Unordnung hervor, sagt Bartels. Und Röben sagt: Der Mensch muß einen Punkt machen und dann weitersehen. Er hat es nie laut gesagt, aber mit gut hörbarer Stimme. Es war wichtig für Bartels, diese Stimme manchmal zu hören. Sie war durch andere Stimmen nicht zu ersetzen.

Ich muß ihm sagen, daß es nur ein ganz kleiner Fehler war, wie ihn jeder macht, wenn er kommt, sagte Bartels. Es gibt noch mehr, was ich ihm dann sagen muß, fuhr er fort. Daß ich meinen Bruder nicht umgebracht habe. Daß ich den Säugling selbst gesehen habe, den meine Mutter geboren hat. Bevor er weggegeben wurde. Daß meine Frau nichts dafür kann. Sie hat immer daran geglaubt, daß ich wieder ein normales Leben führen kann mit einer Dreizimmerwohnung, leisem Klappern in der Küche und viel Geduld. Es ist nicht ihre Schuld, daß sie sich irrt und daß ich soviel Geduld nicht aushalte. Röben muß das wissen. Röben, über den sich damals alle lustig gemacht haben, weil er nicht das sein wollte, was die anderen einen richtigen Mann nannten, oder weil er es nicht konnte und sich schon dadurch von den anderen unterschied, daß er es zugegeben hat. Bartels hatte damals nicht den Mut zu zeigen, wie sehr ihm das gefiel, weil er dann auch ausgelacht worden wäre. Aber das war Vergangenheit. Und es war auch kein Wunder in einer Zeit, als alles drunter und drüber ging und man alle paar Wochen einen neuen Lehrer bekam und die Schulzimmer abwechselnd von mehreren Klassen benutzt wurden und nicht geheizt waren.

Ich werde es ihm erzählen, sagt Bartels. Und er wird darüber lachen. Gelacht hat Röben auch, als Bartels sagte: Du konntest immer gut tanzen. Tanzen? sagte Röben. Nie! Und eines Tages sagte Bartels: An mir ist alles zu kurz. Die Einzelteile und das Ganze. Das Leben ist auch kurz, aber das ist etwas anderes. Darüber lachte Röben so, daß Bartels es am liebsten noch einmal gesagt hätte. Aber das tut man nicht. Röben war, so seltsam das klingen mag, der einzige Mensch, dessen Lachen Bartels gern hatte.

Eigentlich handelte es sich nur um drei Sekunden, vielleicht weniger, mit denen er nichts zu tun haben wollte. Bartels wollte seitdem nur noch der sein, der er nachher geworden war, obwohl ihm der, der er vorher gewesen war, wenn er die beiden nebeneinanderstellte, besser gefiel. Aber er hatte keine Wahl. Und daß ihm der andere besser gefiel, daran mußte etwas falsch sein, denn der war es gerade, der all diese Menschenleben auf dem Gewissen hatte. Nein, so war es falsch, denn auf dem Gewissen hatte der noch nichts, er lebte sein Leben, ohne zu wissen, was auf ihn zukam. Sagen wir also, der hatte sie zu verantworten, die Menschenleben. Auch das ist falsch, denn zu verantworten hatte sie der andere, der nachher aus ihm geworden war. Diese unschuldige Person hatte Schuld an soviel Tod, trug diese Schuld aber nicht, denn tragen müßte, wenn jemand das könnte, diese Schuld der, der er jetzt war. Den andern, den Bartels von vorher, der an ein normales und anständiges Leben glaubte und an seine Dauer und der ihm besser gefiel, wenn er sie nebeneinander stellte, den gab es nicht mehr.

Unerreichbar war dieser andere, der mit dem anständigen Leben, der pflichtbewußten Frau, dem groß gewordenen Mädchen, der Dreizimmerwohnung, die zu klein geworden war für all die Sachen, die im Laufe des Familienlebens zusammenkommen und dann dableiben, der mit den Vereinsmitteilungen vom Sportverein, dem er sich verpflichtet fühlte, weil er nicht mehr hinging, seit er die unregelmäßigen Dienstzeiten hatte, und die hatte er, soweit er zurückdenken konnte. Das sagt sich leicht, aber es ist nicht die ganze Wahrheit, denn in Wahrheit konnte Bartels weiter zurückdenken, wer könnte das nicht, aber das war etwas anderes. Da war er jung und noch nicht der, der ihm besser gefiel als der, der er jetzt war, und jetzt hatte er überhaupt keine Dienstzeiten mehr, weder regelmäßige noch unregelmäßige wie der mit der Dreizimmerwohnung und den Birnbaumbetten und dem Schrebergarten am Stadtrand, wo die Nachbarn darauf achteten, daß man alles so in Ordnung hatte, wie es sich gehört, und das Notwendige zur richtigen Zeit erledigte und keinen unangemessenen Lärm machte. Aber auch zu still durfte man nicht sein, das weckte Mißtrauen, und bei denen, die man nicht kannte, wenn sie vorbeigingen, konnte man nie wissen, ob sie nur vorbeikamen oder einen womöglich doch kannten und sich Einblick verschafften in das, was man nicht ordnungsgemäß ausgeführt hatte oder zu vernachlässigen im Begriff war. Für den Fall war am besten, entweder sehr freundlich zu grüßen oder sich gar nicht erst blicken zu lassen.

All die Jahre hatte Bartels seinen Schuppen auf Vordermann bringen wollen, der ihm in einem schlechten Zustand übergeben und dann im Lauf der Zeit immer wackliger geworden war, so daß er mit seinen unregelmäßigen Dienstzeiten immer nur da, wo es am dringlichsten war, etwas ausgebessert hatte, und nur das Nötigste, weil er den Plan hegte, die Sache einmal von Grund auf in die Hand zu nehmen und etwas sehr Schönes, sehr Eindrucksvolles und Solides daraus zu machen.

Einen Plan zu hegen, denkt Bartels, ist heute nicht mehr üblich. Oder es ist nicht mehr üblich, das so zu nennen. Aber für einen, der wegen der Schichtumstellungen zu ungewohnten Zeiten hätte schlafen sollen und nicht schlafen konnte, war es unentbehrlich, einen Plan zu hegen. Auch wenn die Arbeit eintönig wurde, hielt dieser Plan seine Gedanken in Bewegung. In den modernen Loks gibt es klug ausgedachte Anlagen, um die Aufmerksamkeit wachzuhalten oder in Abständen wieder aufzuwecken. Damals gab es das nicht.

Zugleich war eben diese Art von Leben auch der Grund dafür, daß sich sein Plan nicht verwirklichen ließ. So kam es, daß sein Schuppen eine aus rostenden Blechen, Abbruchholz und anderen Abfallmaterialien zusammengeschusterte und erweiterte und gegen erneuten Zerfall wieder zusammengehaltene Bruchbude blieb, während die Nachbarn aus den ihren längst kleine Schmuckstücke gemacht und sie mit wohlgeölten ausländischen Hölzern und glänzenden Beschlägen zu Miniatur-Häuschen ausgebaut hatten, die mit Hilfe von Markisen und komplizierten technischen Ergänzungen für ganze Familien bewohnbar wurden. Manche hatten steinerne

Grundmauern oder solide Fundamente angelegt, obwohl die Bauordnung das von einem gewissen Zeitpunkt an nicht mehr zuließ. Hätte jemand diesen Leuten übelgewollt, so hätte man sie ohne weiteres anzeigen können. Das wußten sie, fühlten sich aber doch merkwürdig sicher. Ohne Zweifel, dachte Bartels, hatten sie ihre Ausreden längst bereitliegen. Einen guten Anwalt hatten sie gewiß auch. Und vielleicht, dachte er weiter, wenn er in den Herbstschnitt oder das Abstechen vertieft war, was ja wie kaum eine andere Tätigkeit Gelegenheit bietet, an vieles zu denken, vielleicht, dachte er dann und dachte es oft, ist das der Grund, warum sie nie ein kritisches Wort über meine Bruchbude haben laut werden lassen. Das heißt nicht, daß sie nicht darüber reden, aber mir kommt nichts zu Ohren.

Beim Setzen, beim Sieben, beim Hacken oder Aufbinden denkt man zuviel, denkt Bartels jetzt. Und jetzt, denkt er jetzt, könnte ich das nicht mehr ertragen. Damals war vieles anders und ihr Blick zwar unangenehm, aber auszuhalten. Heute hat er, da er nichts zu tun hat, noch mehr Zeit zum Denken, doch das ist etwas anderes. Zuviel Zeit tut dem Denken nicht gut. Damit hat er nicht gerechnet. Man hat soviel Zeit, daß man sich vieles gar nicht mehr zu denken gestattet, aber zum Glück hat man genug Zeit, um das, woran man nicht denken will, aus dem Weg zu räumen. Bei der Arbeit im Garten dagegen würde genau das, woran man nicht denken will, sich melden und sich nicht abweisen lassen, die Schwäche des Arbeitenden dergestalt ausnutzend, da er ja arbeiten muß und nur einen Teil seiner Aufmerksamkeit, also gewissermaßen nur eine Hand frei hat, während er mit der anderen etwas anderes tut und auch mit einem Teil des Denkvermögens, dem wachsamen wahrscheinlich, bei der Sache ist. Alles andere bleibt unbewacht und das Einfallstor für Unangenehmes weit offen. Dann ist man schon froh, wenn das Unangenehme sich in Grenzen hält und nicht überhandnimmt und die Schleusen öffnet.

Für Bartels kam das nicht mehr in Frage. Die Arbeit im

Garten kam nicht mehr in Frage. Daß sein Plan aufgegeben werden mußte, versteht sich von selbst, obwohl es, bevor er, Bartels, ein anderer geworden war, sein größtes Glück gewesen war, die langsam wachsenden Vorstellungen in ihren Einzelheiten geduldig und umsichtig zu bearbeiten und immer wieder an den praktischen Bedürfnissen und den finanziellen Möglichkeiten zu überprüfen, zu korrigieren und zu optimieren, ein langjähriger Prozeß, an dessen Ende die fertigen Pläne hätten stehen sollen für ein wirklich schönes Gartenhaus, das alles Dagewesene in seiner Zweckmäßigkeit, Schlichtheit, Schönheit, Solidität und Preiswürdigkeit auf eine Weise in den Schatten gestellt hätte, daß die Ausführung nur noch ein Kinderspiel gewesen wäre. Und wenn andere Menschen geschicktere Finger hatten als er, so fiel das gar nicht ins Gewicht.

Röben hat er davon nie erzählt. Röben kennt nur den Mann, der er jetzt ist, nicht den, der er früher war, der geplant und gerechnet und Varianten überlegt und wieder gerechnet und gezeichnet hat oder doch wenigstens zeichnen wollte. Dazu ist es nicht mehr gekommen, aber skizziert hat er. Viele Skizzen hat er gemacht und nicht gewagt, frühere Skizzen, auch wenn sie überholt schienen, wegzuwerfen, da aufgrund seiner Erfahrungen nie sicher war, ob man nicht irgendwann nach langen gedankenreichen Umwegen wieder an den Ausgangspunkt zurückkehren und sich eingestehen mußte, daß der erste Entwurf der war, von dem aus die Weiterentwicklung lohnte. Und während er diese Rückkehr nie ganz ausschließen mochte, verfolgte er seine Idee weiter, fertigte mehr Skizzen an, Grundriß, Ansicht, Rückansicht, die Seiten, beide, und schon tauchten neue Wünsche auf, neue Schwierigkeiten, neue Lösungen und Lösungsvarianten, die ausprobiert werden mußten, so daß, wenn er einmal rundherum skizziert hatte, vorne nichts bleiben konnte, wie es gewesen war, vom Grundriß ganz zu schweigen, der sich entsprechend dehnte und verschob. Am liebsten arbeitete er an diesem Grundriß und machte neue Skizzen und fing an hochzurechnen und begann von Anfang an neu zu denken, wenn die Hochrechnungen ergaben, daß es zuviel kosten würde, und das taten sie immer.

Von alldem wußte Röben nichts. Er konnte es nicht wissen. Er sollte es auch nicht wissen, ergänzte Bartels in Gedanken, denn sie trafen sich mittwochs, um einander die Nägel zu schneiden, und das war alles. Das war nicht nur alles, es war viel, und Bartels kannte keinen einzigen Menschen auf dieser Welt, mit dem er sich etwas auch nur annähernd Ähnliches hätte vorstellen können.

Sie machten nicht viel Worte, wenn sie zusammen waren. Nicht daß es eine Abmachung zwischen ihnen gegeben hätte, die besagte, daß von früher, und früher war alles, was länger als ein paar Jahre zurücklag, nicht gesprochen werden sollte. Eine Abmachung hätte, dachte Bartels, womöglich alles zunichte gemacht.

Es ist nicht einfach, einen ganzen Nachmittag dazusitzen und nicht zu warten. Im Kopf entsteht soviel und irrt darin umher und stößt von innen an die Wände und muß herausgelassen werden, da fällt es schwer, nicht mit sich selbst zu reden. Etwas anderes wäre es, zu zweit schweigend zu sitzen, neben einem Mann wie Röben nach Südwesten gegen die Hügel zu schauen, den Kopf endlich ohne Worte und frei.

Die Gedanken fliegen zum Himmel hinauf oder zum Fluß hinter dem Hügel, wie er parallel läuft zum See auf der anderen Seite, ohne ihn zu erreichen. Erst in der Stadt unter dem Bahnhof durch und weiter, wo der See längst zu Ende und ein neuer Fluß mit einem neuen Namen aus ihm herausgeflossen ist, gelingt es ihm dazuzustoßen und endlich einzumünden.

Bartels hatte erwogen, seinen Namen zu ändern. Wer hätte nicht von Männern gehört, die das taten? Aber wozu wäre es gut gewesen? In dieser Stadt kannte ihn ohnehin niemand, wie auch er diese Stadt nicht oder fast nicht kannte. Wer einen Punkt macht, soll in eine andere Stadt ziehen. Daß er Röben in dieser Stadt finden würde, konnte er nicht wissen, aber seit er ihn gefunden hatte, wußte er, wie richtig es war, seinen Namen nicht zu ändern. Auch Röben hieß Röben wie immer. Sonst war nichts wie immer, außer daß man derselbe bleibt, obwohl nichts mehr dasselbe ist.

Bartels kennt diesen Fluß, der hinter dem Hügel fließt und von der Bank aus nicht zu sehen ist. Es ist ein kleiner Fluß, und Bartels kennt ihn erst wenige Jahre, weiß aber, wie er zufriert im Winter, wie er seine Eisschollen schiebt und zieht und sie um die Hindernisse herumdreht und auftürmt und unter ihnen fast zum Stillstand zu kommen scheint und wie all das gegen das Frühjahr zu wieder auftaut und beim Wehr, das mehr eine kleine Verbauung zur Erleichterung des Abstiegs ist als ein Wehr, obgleich es rauscht wie ein richtiges, erste Rinnsale aus dem Eis herausfließen, während zugleich schon ein dumpfes und doch eiliges Rauschen gedämpft und von unten durchs Eis heraufdrängt. Und Bartels weiß auch, daß dieser Fluß weiter oben an seinem Lauf gestaut ist zu einem See, der im Winter zufriert, damit Familien eislaufen können, weil er dort vor langer Zeit einmal gewesen ist. Und er weiß, was geschieht, wenn es ein Erdbeben gibt oder wenn ein Flugzeug auf die Staumauer stürzt, was bisher nur dank einer endlosen Abfolge von glücklichen Zufällen noch nicht geschehen ist, oder etwas anderes, womit im Grunde täglich gerechnet werden müßte. Es würde dann innerhalb von zehn Minuten das ganze sich lang hinziehende Flußtal, in dem ein aufstrebendes ehemaliges Dorf sich ans andere reiht, nicht nur von einer Flutwelle erfaßt, sondern bis zu doppelter Mannshöhe überschwemmt, und was das am Ende für die Stadt bedeutet, in welche der Fluß eintritt, um zu münden, haben Fachleute errechnet und einen Plan gezeichnet mit einer genauen Kennzeichnung der Stadtteile, die dann evakuiert werden müßten, obwohl im Ernstfall nur für einen Alarm, nicht aber für irgendwelche Maßnahmen noch Zeit bliebe, es sei denn, wir wüßten eine Stunde, bevor das Flugzeug abstürzt, daß es abstürzen und auf die Staumauer fallen wird. Dann, dachte Bartels, hätten wir eine Stunde Zeit, um Maßnahmen zu ergreifen. Seit er diese Pläne in der Tageszeitung gesehen hatte, empfand er Genugtuung, fast schon Stolz darauf, daß er damals, ohne etwas darüber zu wissen, in einen dieser gefährdeten Stadtteile gezogen war, als wäre es das mindeste, was der Mensch tun kann. Jedesmal, wenn die Linie Fünfzehn über gewisse Brücken fuhr, stellte er sich vor, wie die Flutwelle dann hoch über das in der Stadt enggemauerte Flußbett aufsteigen und von all dem Menschenwerk, das sich ihr in den Weg stellen konnte, sich nicht zur Ruhe bringen lassen würde, um mit kaum verminderter Gewalt wieder zur Stadt hinaus und auf die in die Ebene ausgebreitete Agglomeration zu stürzen.

*

Hier auf diesem Hügel, auf dieser Bank war es möglich, daran zu denken, aber es war nicht nötig. Bartels war frei zu denken, was er wollte, mittwochs. Er meinte ein Rauschen zu hören, das Röben ankündigte, auch wenn die Birken drüben ihn noch gar nicht freigegeben hatten. Das Rauschen auch jetzt. Aber kein Kommen, das ihm gefolgt wäre. Noch nicht. Du träumst, sagte Bartels und fiel beim Versuch, das, was er nicht träumte, festzuhalten, als wäre es unbezweifelbare Wirklichkeit, in den nächsten Traum. Es war nicht kalt, und Bartels begann doch zu frieren. Das Frieren half ihm zu verhindern, daß die Augenblicke sich zu einem dieser Filme zusammenschoben, die Bartels nicht mochte. Noch mehr jedoch bedrängten ihn die Lücken, die sich zuweilen zwischen den Augenblicken auftaten, mit nichts als Stille angefüllte Spalten, Abgründe, die zwischen einer Sekunde und der nächsten gähnten. Und wenn unterdessen die Schatten gewandert waren oder die Sonne über dem Hügel einen Sprung nach vorn getan hatte oder auf der Wäscheleine, die durch den Hofeingang sichtbar war, eine bunte Familie von Wäschestücken schwankte, die vorher nicht dagewesen war, hätte er nicht sagen können, wie sie dahingekommen war. Wie war es nur möglich, fragte Bartels dann, eine Frau zu übersehen, wenn sie Wäsche aufhängt? Er überlegte sich, wie es wäre, Röben von alldem zu erzählen. Aber sie kamen selten ins Erzählen, da sie so sehr miteinander zu schweigen verstanden.

Diese Bank, mit den altersdunklen, schon vom späten Morgenlicht angewärmten Brettern der Scheune im Rücken und nicht nur dem Ostlicht im Gesicht, hatte er mit Röben zusammen ausgesucht. Von Spaziergängern, die schweigend oder redend vorbeigehen, hört man nicht viel, sie geben sich Mühe, auf einen oder zwei Männer, wenn sie auf einer Bank sitzen, nicht zu achten, verstummen aber, sobald man verstehen könnte, was sie reden. Wenn die Luft erst einmal kälter, nasser oder dunkler wurde, taugte diese Bank für eine Verabredung weniger, so daß Bartels und Röben in gewöhnlichen Wintern andere Plätze für ihre Verabredungen wählen mußten. Ungewöhnliche Winter, wie die Schwarzseher sie uns für die Zukunft in Aussicht stellen, wären, weil die andern Treffpunkte sich an weniger erfreulichen Orten befanden, ganz nach Bartels Sinn gewesen. Dennoch war er froh, daß weder er noch sonst jemand in der Lage war, einen Einfluß auf die Gestaltung der Winter oder der andern Jahreszeiten zu nehmen. Menschliche Wesen, dachte Bartels, wenn man sie in die Lage versetzt, irgend etwas über die einfachsten Dinge des Alltags hinaus zu bewirken, können nur eins, nämlich eine neue, noch bedrohlichere Situation hervorbringen. Sie pflegen dann voller Schrecken ganze Serien von neuen Vorschriften zu erlassen, damit sich niemand Vorwürfe machen muß, wenn irgendein unzulängliches Einzelwesen einen falschen Schritt getan und dadurch Niewiedergutzumachendes ausgelöst hat, während sie zugleich hoffen und aus Erfahrung zu dieser Hoffnung berechtigt sind, daß niemand auf den Gedanken kommt, alle diese Vorschriften einzuhalten. Noch größere Unordnung wäre die Folge. Und wenn denen, die in dieser Welt die Fäden in der Hand haben, je gelingen sollte, irgend etwas besser zu machen, als es vorher war, denkt Bartels, dann nur, weil die früheren Fehler so monströs waren, daß man gar nicht anders konnte, als es besser zu machen. Andererseits hatten diese Menschen eine Weltmaschine in Gang gesetzt, die für sich allein genommen bereits die Neigung zu katastrophalen Entwicklungen enthielt, so daß es schon aller menschlichen Kräfte bedurft hätte, um den Lauf der Dinge von seinem Kurs auch nur so weit abzubringen, daß er sich nicht zu einer Lawine auswachsen konnte. Da aber, und so sagt nicht nur Bartels, sondern auch Röben, die Menschen sich lieber mit andern Dingen beschäftigen, so lange es nur eben geht, ist der Lauf der Dinge zwar unvorhersehbar, aber dennoch nicht aufzuhalten. Und wer ist dann verantwortlich für die Menschenleben, die das kostet? Bartels, wenn er daran dachte, solange er noch allein an der Wand saß, weinte. Dennoch gelang es ihm, dazusitzen und darauf zu achten, wie die einzelnen Augenblicke einander ablösten, und nicht zu warten, bis die schmale, ein wenig verdrehte Gestalt unter den Bäumen hervor und dann langsam über den Feldweg, die Grasbüschel und den von den Pferdehufen der Freizeitmenschen zertretenen Lehm gegangen und angekommen war.

Röben blieb meistens, wo der Weg sich zu einer Art Platz öffnete, erst einmal stehen in seiner zu groß gewordenen Jacke. Fischgrät für jede Jahreszeit, würde er sagen, wenn man ihn fragte, und man fragte ihn nur einmal, da sich die Antwort in den Ohren hielt, gewissermaßen einprägte und nicht mehr auszulöschen war. Dort wartete er auf Bartels' Blick, um sich zu setzen. Röben, in dieser Jacke dann an die Wand gelehnt, die Sonne im Gesicht, sagte, er würde die Menschen daran hindern, gefährlich zu sein, wenn er es könnte. Gern würde er das tun. Die Zeit tat jedesmal einen ungeheuren Sprung, wenn er das sagte, und war, ehe man es sich versah, vom Mittag in den Nachmittag geraten oder anderswohin, und keiner von ihnen hatte eine Vorstellung davon, auf welcher Höhe des Tages man sich befand.

Röben hatte immer einen Kamm bei sich. Den zog er, sobald die Zeit wieder stehengeblieben war, aus der Tasche, um ihn Bartels zu reichen. Bartels nahm ihn gern. Er zog ein paar Linien über die Kopfhaut, bevor er Röben den Kamm zurückgab. Röben war, wenn er den Kamm nahm, so freundlich zu fragen: Wird es regnen? An Bartels war es dann, sein Urteil über das Wetter in ein paar Sätzen zusammenzufassen. Er irrte sich selten. Er wußte es, und Röben wußte es. Röben wußte andererseits auch, ob es im Begriff war zu regnen oder nicht, aber er machte keinen Gebrauch von diesem Wissen.

März. Sonne. Etwas Blau. Immer noch. Und während die Sonne dem Hügel näherrückt und bald in seinen struppigen Rändern verschwinden wird, macht sich hoch oben ein geisterhafter Mond bemerkbar, so durchsichtig, als sollte der blaue Himmel hindurchscheinen. Früher, dachte Bartels, hat man geglaubt, das Licht der Ewigkeit schiene durch diesen Mond hindurch, wenn er tagsüber so fahl über uns hinwandert.

Heute ist doch Mittwoch?

Mittwoch? fuhr es Bartels durch den Kopf, wie konnte ich das übersehen, wir hätten keinen Mittwoch nehmen dürfen. Aber nun ist es passiert, und es ist ein Mittwoch. Das hätte ich wissen müssen.

Er wurde, als er nach oben sah und zu erkennen versuchte, hinter welcher Wolke der Mond sich versteckt hielt, und es nicht konnte, von der gleichen Beengung ergriffen wie am Morgen in der Linie Fünfzehn. Sie legte sich auf seine Kehle und wollte nicht loslassen. Bartels wußte nicht, ob er aufstehen oder sitzen bleiben sollte, und blieb sitzen. Die Zeit schien auszusetzen und kehrte dann zurück. Bartels konnte wieder atmen. Er sah auf die Uhr. Das war eine Gewohnheit aus einer andern Zeit, die er ganz abgelegt hatte. Er schüttelte den Kopf über diesen Rückfall. Die Zeit, wie sie geht und zurückkommt, wurde auf seiner Uhr nicht angezeigt.

Wenn Bartels morgens aufwachte, war es immer halb sieben, als hätte er nie im Schichtdienst gearbeitet. Nur nach den Nächten, in denen er nicht geschlafen hatte, konnte es später werden. Er machte sich ans Aufstehen, horchte auf die Dusche der Zimmerwirtin, holte sich sein Frühstück in der Küche, wenn sie in einem andern Zimmer war, und empfand, wenn er daran dachte, wie er später in die Straßenbahn steigen würde, einen entschiedenen Neid auf die Frauen, die immer etwas zu tun haben, die keinen Menschen brauchen, der sich um sie kümmert, und auch immer andere Frauen in der Nähe wissen, die ihnen Gesellschaft leisten und zuhören. So eine Frau, sagte Bartels mittwochs zu Röben, die hat zu tun. Dabei tun sie nicht einmal etwas Rechtes, sie befassen sich mit lauter Tätigkeiten, die man ebensogut unterlassen könnte und denen sie ihr Leben lang einen Wert beimessen, der jede vernünftige Aktivität in ihrer Umgebung im Keim erstickt. Trotzdem beneide ich diese Frauen. Sie können nichts falsch machen.

Röben hatte erst genickt. Sei doch froh, hatte er dann gesagt und seinen Blick in die fernen Wolken gerichtet. Solange sie sich zu beschäftigen wissen, kommen sie uns nicht in die Quere beim Plänemachen. Der Mann, sagte Bartels, braucht Pläne. Und Röben sagte: ein Mann ohne Pläne ist wie ein Vogel ohne Flügel.

Und jetzt, noch allein auf der Bank sitzend, sah Bartels Röben vor sich, wie er aussähe, wenn er seine zu lang gewordenen Jackenärmel ausbreiten und damit über die noch winterlichen Ackerfurchen fliegen würde. Er schloß die Augen und sah das Bild vor sich, Röben fliegend, als wäre es reine Wirklichkeit, wie er nach den ersten Laufschritten noch einmal innehielt, dann aber unverdrossen weiterrannte und dazu mit den Flügeln schlug, bis es ihm gelang, sich ein paar Schritte in der Luft zu halten. Das gab es früher, als man noch in Flüssen schwimmen lernte, in die heute kein Kind mehr seinen Finger tauchen dürfte: diesen Tag, an dem man vier Züge lang an der Oberfläche blieb, als ob man begriffen hätte, worum es ging, so daß von da an kein Halten mehr war und man am zweiten Tag zehn Züge schwimmen konnte und am dritten, solange man wollte. Darum sprachen so viele Männer davon, wie sie auf dem fluchtartigen Rückzug über Flüsse und Haffs zu schwimmen vermochten mit dem Gefühl, sie könnten, wenn es ums Leben ginge, die ganze Ostsee durchschwimmen, obgleich sie nahezu tot vor Erschöpfung das andere Ufer erreichten oder auch nicht erreichten, wie auch sein Vater zu erzählen nicht müde geworden war, bis er dann doch an der ersten Lungenentzündung starb. Und als wäre das Fliegenlernen dem Schwimmen vergleichbar, sah er Röben an diesem Mittwoch, wie er inzwischen zehn Schritte schon in Kniehöhe über dem Feld mit den Maisstoppeln zurücklegte und dann, nachdem er sich mit einem Bein noch einmal abgestützt und abgestoßen hatte, ganz befreit abhob, mühelos über die Baumgruppe setzte und dann stieg und flog und einen Bogen zog und kleiner wurde, über das Tal hinweg, aus dem das Brausen der Autobahn vielleicht zu ihm hinaufklang, und dort wandte er sich um, als fiele ihm Bartels erst jetzt wieder ein, und winkte. Untröstlich sah er nicht aus. Das Winken schien ihn in seinen Flugbewegungen schon gar nicht mehr zu stören. Über ihm flogen die Märzwolken. Röben hielt dann auf den langen Rücken des Lerchenbergs zu, der nach Südosten zog und sich mit wachsenden Distanzen nicht nur verjüngte, sondern auch abflachte und, als sollte man für das große Abenteuer noch einmal von vorne anfangen, den Blick auf die Schneeberge freigab, wo es sehr kalt war.

Bartels erschrak. Erschrocken wischte er sich, bevor sie den Kragen erreichten, ein paar eiskalte Tränen ab, die ihm den Hals hinunterliefen. Es war keineswegs kalt, die Märzsonne zwar hinter dem Hügel, der Himmel aber noch hell wie unverbraucht.

Du träumst, würde Röben jetzt sagen.

Aber Bartels träumt nicht.

Virginia

Ich halt's nicht aus, sagte Virginia. Sie hieß nicht Virginia, wir haben sie bloß so genannt. Und jedesmal, wenn Virginia sagte: Ich halt's nicht aus, war eine von uns in der Nähe, die sagte: Du hältst alles aus. Dann haben wir gelacht. Ich weiß nicht, was sie gemacht hat, wenn sie allein war. Vielleicht kam sie dann gar nicht auf den Gedanken zu sagen, daß sie es nicht aushielt. Oder sie wußte sich selber das Notwendige zu antworten. Es war möglich, daß sie uns gar nicht brauchte. Es war möglich, daß sie uns bloß einen Gefallen tun und gewissermaßen bei Laune halten wollte, indem sie uns die Gelegenheit bot, über sie den Kopf zu schütteln und zu ihr zu sagen: Du hältst alles aus. Es war möglich. Sicher war es nicht.

Virginia war entsetzlich schlank, wie es die Mode verlangte. Das stand ihr nicht schlecht, aber wir hätten sie auch gemocht, wenn sie dick gewesen wäre.

Ich glaube, wir haben sie von Anfang an Virginia genannt, weil sie rauchte. Sie rauchte das stärkste Zeug, das sie finden konnte. Sie rauchte dermaßen viel, daß keine von uns sie je ohne Zigarette gesehen haben will, während wir, weil der viele Qualm nicht mehr auszuhalten war, nach und nach mit dem Rauchen aufhörten. Sie wurde blaß, sobald wir davon zu reden anfingen. Sie hörte nicht auf. Da war nichts zu machen.

Einmal, als wir das Büro miteinander teilten, habe ich sie gefragt, wie sie wirklich heißt.

Regine, sagte sie. Oder Verena. Ich hab's vergessen.

Kann man das vergessen?

Virginia schlug einen staubigen Ordner zu und lachte.

Was sein muß, muß sein, sagte sie, und die Staubwolken aus den Akten vermischten sich mit dem Rauch ihrer Zigarette.

Wir saßen jeweils zu zweit in kleinen Büros. Nur wenige Männer arbeiteten in unserer Etage. Wir hatten Glück, denn wir konnten die Fenster aufmachen und mußten nicht wie die andern im Neubau warten, bis uns die Klimaanlage irgendein in der Retorte zusammengebrautes Atemgemisch in die Zimmer blies. Bei uns standen die Fenster mehr oder weniger dauernd offen, jedenfalls dann, wenn Virginia mit uns das Büro teilte. Zuerst war ich glücklich über ihre Nachbarschaft. Wir lachten viel, und wir arbeiteten viel. Nach einer Weile wünschte ich mir, genauso wie es die andern vor mir gewünscht hatten, Virginia möge ihre Sachen packen und in ein anderes Büro umziehen. Ich halt's nicht aus, sagte sie. Ich konnte es auch fast nicht aushalten, sie gehen zu lassen, aber der viele Rauch machte mich krank. Den andern ging es gleich, und Virginia zog darum ziemlich oft um. Auf diese Weise entstand einige Unruhe in unserer Abteilung, aber da wir es immer unter uns ausmachten, drang kaum etwas von dieser Unruhe in die oberen Etagen. Das war besser so, denn Unruhe wird nicht gern gesehen. Schon damals nicht. Heute wäre sie ein Unding. Aber heute ist ohnehin alles anders, wir bleiben, wo wir sind, und tun, was wir können.

Heute ist nur noch ungefähr die Hälfte von uns da, die andern sind bei einer Reihe von Redimensionierungen auf der Strecke geblieben, so daß die eine Hälfte des Gangs jetzt von einer andern Abteilung mit lauter männlichen Sachbearbeitern bewohnt wird.

In jenem Jahr, als kaum ein Auge ihren Zigarettenrauch zu durchdringen vermochte und wir wieder einen Umzug planten, ging es uns besser. Virginia sagte: Ich halt's nicht aus. Wir sagten, du hältst alles aus, und damit gut. Wir hatten sie gern, das genügte uns.

Sonst wußten wir nicht viel über sie. Verheiratet war sie nicht, und von einem Freund hat sie nie etwas erzählt. Ich wußte nicht mal, wie alt sie war. Eines Tages, als wir gerade die Bürotür hinter uns zugemacht hatten, fragte ich sie.

Zwölf, sagte Virginia.

Ich lachte, obwohl ich den Witz nicht verstanden hatte.

Eines Tages, als Sibylle klagte, die teergeschwängerte Luft sei nicht mehr auszuhalten, sagte Virginia, sie wolle von nun an nicht mehr umziehen.

Was tun?

Die Situation war gar nicht so schwierig, wie sie aussah. Wir sagten uns, warum soll es immer Virginia sein, die umzieht. Darum begannen wir zu wandern, und Virginia blieb, wo sie war. Ich muß dazu sagen, daß diese Umzüge nichts Unfreundliches an sich hatten. Denn wenn der einen der Rauch zuviel wurde, dann freute sich die andere schon auf Virginia. Sie hatte etwas an sich, was uns gefiel. Und jedesmal, wenn jemand umzog, feierten wir ein Fest.

Mit zwölf habe ich meine Eltern dazu gezwungen, aufs Land zu ziehen, sagte sie eines Abends zu mir.

Kann man das?

Erst wollten sie nicht, sagte Virginia. Mit Händen und Füßen haben sie sich gewehrt.

Und dann?

Und dann ging es doch. Mit Gewalt geht vieles, sagte sie.

Sie sah auf den Boden, hüpfte von einem Fuß auf den andern, und wir lachten, daß es durch die verlassenen Gänge hallte.

Es ist unglaublich still auf dem Land, sagte sie, als wir uns wieder beruhigt hatten. Ich war mir dessen nicht so sicher, aber Virginia fuhr fort: Keine Hinterhauswände, keine Musik aus den Fenstern, wenn du weißt, was ich meine. Keine Besoffenen.

Ich nickte.

Keine Glasscherben. Nicht das Rattern der Müllcontainer. Keine betonierten Zwischenräume.

Ich nickte.

Auch keine Büsche, die aus den Ritzen wachsen. Im Stein. Verstehst du?

Warum wolltest du denn unbedingt aufs Land, Virginia?

Genau darum.

Und heute?

Sie lachte wieder. Lange Wege, sagte sie und sah auf ihre Schuhe. Ich hatte in diesem Augenblick den Verdacht, daß sie außer in die Firma, in die U-Bahn und nach Hause nirgends hinging.

Fliegen müßte man können, sagte ich.

Virginia nickte. Was würdest du tun, wenn du fliegen könntest?

Wegfliegen, sagte ich, weit weg. Wir waren im Treppenhaus angekommen und schauten über das Geländer den Schacht hinunter.

Virginia nickte wieder. Sie ließ ihre Zigarette in die Tiefe fallen und zündete eine neue an. Sie sah aus wie achtzehn.

Mitte Zwanzig muß sie wohl sein, dachte ich, als sie so neben mir stand und schaute.

Dreißig, sagte sie, als könnte sie Gedanken lesen. Nächste Woche.

In Wahrheit konnte sie ebensowenig Gedanken lesen wie ich. Sie sagte als nächstes, aber nicht zu mir und ganz langsam: Die war nicht mal Jungfrau.

Wer?

Ich hatte doch keine Ahnung, was das hieß. Woher sollte ich auch.

Komm schon, sagte ich, weil ich keine Ahnung hatte, wovon sie redete.

Etwas stimmte nicht mir ihr. Sie war unglaublich blaß. Seit einer Weile beklagte sie sich, wenn die männlichen Kollegen mit Bierflaschen vor der Kantine im Gang standen. Jetzt begann sie zu schreien. Vier sind es, schrie sie. Die Männer starrten sie voller Ekel an. Wenn es zwei oder drei waren, konnten wir sie beruhigen. Waren es aber vier, dann mußten wir sie geradezu mit Gewalt unterhaken und wegbringen.

Komm mit, sagten wir. Schrei nicht.

Ich halt's nicht aus, schrie sie.

Du hältst alles aus, sagten wir, um sie zum Lachen zu bringen. Sie lachte aber nicht. Wir hielten sie fest. Sie war dünn und hatte unbeschreibliche Kräfte in sich, mit denen sie sich wehrte.

Komm schon, sagten wir. Sei still.

Wir begannen dann, von belanglosen Dingen zu sprechen, um sie auf andere Gedanken zu bringen. Aber es schien keine belanglosen Dinge zu geben.

Virginia biß sich die Lippen blutig. Sie trat. In den Gängen in unsern Armen beruhigte sie sich lange nicht.

An den folgenden Tagen lachte sie gar nicht mehr. Sie arbeitete nur noch. Einmal erbrach sie das ganze Mittagessen. Einmal wurde sie ohnmächtig. Einmal steckte sie Messer und Gabel in ihre Tasche und ging auf die Männer los. Wir mußten ununterbrochen auf sie aufpassen. Dann hörte es auf, und sie war erstaunlich still.

An dem Tag, als sie dreißig wurde, sprang sie in den Treppenhausschacht. Warum? Was sollten wir sagen? Wir behaupteten, es nicht zu wissen. Drei Tage später fand ein Begräbnis mit sonderbaren Reden statt.

Ihre Stelle wurde nicht wieder besetzt.

Schäfer

Schäfer stand an einem Junitag, der so leicht und leuchtend aussah, daß er es ohne weiteres mit den schönsten Junitagen aus vergangenen Zeiten hätte aufnehmen können, vor einer mehr als mannshohen frischgeschnittenen und sehr grünen Ligusterhecke auf dem Trottoir, genau da, wo der Plattenweg sich links wie eine Landzunge vorschob, denn die Straße, die vom Hügel herunterkam, beschrieb dort, weil es sich um den steileren Teil des Hügels handelte, eine ihrer schärfsten Kurven und vereinigte sich gleich darunter oder fast noch in dieser Biegung mit der anderen, älteren Straße, welche von rechts kommend dem allmählicheren Abstieg folgte, wie er früheren Generationen, wenn sie mit Fuhrwerken unterwegs waren, als geeigneter erschienen sein muß, so daß Schäfer, an dieser Stelle stehengeblieben, die von Stützmauern und fast senkrecht angelegten Bepflanzungen geprägt war, doch kein Haus und keinen Baum so unmittelbar vor Augen hatte, daß sie ihm die Sicht in die Ferne hätten verstellen können und er das in noch morgendlichem Seitenlicht schimmernde Wasser des tiefer gelegenen Sees und das jenseitige Ufer mit seinen sonnenbeschienenen Hausdächern und Überbauungen im Blick hatte und dieser Blick sich auch, wenn er ihn ein wenig hob, in die dahinter gestaffelten Linien der Hügelrücken verlieren konnte.

Ich kannte Schäfer noch nicht, als ich ihn so stehen sah. Und daß die regungslose aufrechte Gestalt eines Mannes an dieser Stelle sich mir so einprägte, daß ich gleichzeitig wußte, wie unwiderruflich dieser Eindruck war, erstaunte mich auf eine Weise, die auch dieses Erstaunen dem Gedächtnis sehr deutlich und für immer eingraviert hat.

Es war jedenfalls nichts Ungewöhnliches an ihm. Nichts

Monströses oder auch nur Unregelmäßiges in seinem Erscheinungsbild hatte meine Aufmerksamkeit auf sich gezogen, sondern nur die Tatsache, daß ich ihn dort sah, wo man sonst nie jemanden gehen, geschweige denn stehen sieht. Es ist ein Teil der Straße, den Autofahrer wegen seiner unübersichtlichen Vorfahrtsituation gut kennen müssen, wenn sie nicht in Schwierigkeiten kommen wollen, weil Wagen, die von rechts herunterkommen, auf der schwächer geneigten Straße schnell fahren und erst spät zu sehen sind, während die von links einen nicht nur nicht sehen, sondern, wenn sie nicht schon sehr lange in der Gemeinde wohnen, nicht einmal mit der Möglichkeit rechnen, daß eine Straße einmündet. Und Fußgänger sieht man hier nicht, weil sie Umwege meiden und die Treppen und steileren Pfade nehmen, um schneller den Hügel hinauf- oder hinunterzukommen. Auch alte Leute tun das, denn diese Pfade führen zwischen stillen alten Gärten durch und sind in ihren steileren Partien mit Handläufen ausgestattet, damit niemand zu Schaden kommt, so daß ein Mensch, der auf der Straße unterwegs ist, auch ein wenig an die Fuhrwerke von früher erinnert, die das Steile gemieden und sanfte Neigungen gangbarer gefunden haben.

Es war ein alter Mann, der dort stand. Möglicherweise konnte er sich auf seine Erinnerung nicht mehr ganz verlassen, so daß er vorsichtshalber dem Lauf der Straße folgte, um nicht von einer der steilen Abkürzungen ganz in die Irre geführt zu werden und sich irgendwann irgendwo umzuschauen und nicht mehr zu wissen, wo er war. Das gibt es. Das muß man vermeiden. Er nimmt den sicheren Weg. Er ist vorsichtig, nicht wahr? Und genau darum, dachte ich, steht er jetzt da, weil ich mir unter dem Älterwerden immer vorgestellt habe, daß man im Gehen innehalten und warten muß, bis man wieder zu Kräften kommt. Wenn das der Fall war, so war der Ort schlecht und folglich aus Not gewählt, denn hier gab es nur die Ligusterhecke und nichts zum Festhalten oder zum Anlehnen, geschweige denn zum Hinsetzen. Er aber hatte nichts Haltsuchendes an sich. Er stand nur da.

Daß jemand etwas ohne guten Grund tut, will mir nicht in den Sinn. Er wird krank sein, sagte ich mir auf meiner Suche nach Ursachen für das, was die Menschen tun: er wird krank sein. Man sieht ihm nichts an. Aber es gibt Krankheiten, die man nicht sieht und die auch keine Spuren hinterlassen in der Art, wie einer steht. Dieser Mann, dachte ich, ist ein Mann, der es versteht, den inneren Gang der Dinge und kleine Zwischenfälle unter der Oberfläche zu halten. Und wenn wir erwarten, daß sich, was einer erlebt, in seinen Gesichtszügen abzeichnet, so können wir uns darin sehr irren.

Auch der Eindruck von Heiterkeit, der so gut zu diesem Junitag passen wollte, als sei eins die Ursache des anderen, konnte sich als falsche Fährte erweisen. Sie hätte, wenn ich mich recht erinnerte, gut der Ausdruck einer nicht ganz freiwilligen Unbekümmertheit sein können. Nein, das nicht. Dies ist nicht das Gesicht eines Alkoholikers. Auch um das Gesicht eines Alkoholikers, der sich eines Besseren besonnen und irgendeine Art von Ausstieg geschafft hat, handelt es sich nicht, obwohl ich mich da nicht gut genug auskenne.

Gut, das stimmt nur teilweise. Ich sollte einiges darüber wissen. Ich kenne Abende der Anonymen Alkoholiker, jedenfalls die Art von Treffen, bei denen Besucher und Angehörige zugelassen sind. Mir war, als hätte ich es dort mit lauter Unglücklichen zu tun, die einer unverhofften Weisheit habhaft geworden waren, einer Weisheit, die von Natur aus nicht zu ihnen paßte, aber gerade darum überaus nützlich war im Kampf gegen sich selbst. Weisheit ist vielleicht nicht ganz das richtige Wort für das, was ich sagen will, und für das einzige, was die Anwesenden zu verbinden schien. Ich war erstaunt, auf Menschen zwischen sechzehn und sechzig zu treffen, die nicht nur alle denkbaren Varianten von Intelligenz und Besitz und Geschlecht aufwiesen, sondern auch damit rechneten, geborene Verlierer mit Erfolgsmenschen in einem Boot wiederzufinden. Sie waren sehr glücklich über meine Verwunderung. Gern erzählten sie mehr darüber. Es war, als hätte ich ihnen mit meinem Erstaunen einen Wunsch erfüllt oder sogar die Bedingung, um wieder eingeladen zu werden. Ich war nicht ganz ehrlich an diesen Abenden, was ohne Bedeutung ist, da es ja um die anderen ging und nicht um mich. Jedenfalls wollte mir das, was ich vorhin Weisheit genannt habe, so von außen auch als ein bloßes Ritual erscheinen und als ein Hinweis darauf, daß sie, weil sie so unglücklich waren, nach allem griffen, was Hilfe in Aussicht stellte, und dann weniger aus Überzeugung dabeigeblieben waren als wegen der verblüffenden Beobachtung, daß es sich bei dieser Weisheit um etwas handelte, das nützte. Glauben mußte man offenbar nicht daran, obwohl viele sogar das zu tun schienen. Man mußte es ausüben, das reichte. Ich glaube zu wissen, wie die Betroffenen das bestreiten und behaupten würden, sie seien überzeugt, und zwar zu Recht. Die Kraft zur Ausübung ist ja an und für sich erstaunlich genug und muß irgendwoher kommen. Nicht jeder hat, wie wir alle wissen, diese Kraft. So etwas wie ein nach unbegreiflichem Leid gewonnenes Glück, wie man es erlebt, wenn man vor jedem Glas, das man zu trinken wünscht, weiß, wen man anrufen soll, damit es einem ausgeredet werde, als handle es sich um einen unmoralischen Akt, obwohl er in Wahrheit nicht unmoralisch ist, sondern nur lebensbedrohend – das schien sich in den Gesichtszügen der Anwesenden abzubilden, auch bei denen, die selber nicht betroffen waren und nur die Folgen zu tragen hatten. Mir gelang es darum kaum, die Süchtigen von ihren Angehörigen zu unterscheiden. Wahrscheinlich lernt man das mit der Zeit, wenn man Gelegenheit hat dabeizubleiben. Aber diese Gelegenheit hatte ich nicht.

Ich glaube nicht, daß Schäfers Gesicht in diese Gesellschaft gepaßt hätte.

Ich sehe es vor mir, seinen Blick, sein Schauen, das jeder für ein Lächeln gehalten hätte, obwohl es kein Lächeln war, sein Gesicht, das ich im Vorbeifahren kurz gesehen habe, höchstens eine Sekunde kann es gewesen sein oder zwei, denn an dieser Stelle riskiert sein Leben, wer nicht sehr aufmerksam ist. Wer von rechts kommt, kommt schnell, nicht wahr, wer von links kommt, sieht nichts, und mit Fußgängern rechnen nicht einmal die, die von oben kommen. Dieses Gesicht sah nicht krank aus. Es sah auch nicht unglücklich aus. Wenn ich mich entscheiden müßte, würde ich es eher glücklich nennen, aber ich bin froh, wenn ich mich nicht entscheiden muß. Ich sehe es also trotz des kurzen Eindrucks um seiner Intensität willen vor mir und schätze es auf Mitte Siebzig, vielleicht älter, aber auf keine Weise gebrechlich und mit einem unausgesprochenen Lächeln.

Schäfer stand also da und schaute, und ich weiß nicht recht, ob ich das, was er tat, wirklich so nennen sollte, da ich in Wahrheit unmöglich wissen konnte, was er tat. Er sah aus, als schaute er. Das darf ich wohl sagen. Er hatte im Bergauf- oder Bergabgehen haltgemacht und stand auf diesem Trottoir, das ich nur so nenne, weil er noch zu der Generation gehörte, die den Gehweg Trottoir nannte. Ich erinnere mich gut, wie ich diesen Ausdruck als Kind gehört habe, als gäbe es gar keine anderen Bezeichnungen, bis mir dann mit dem Erwachsenwerden unverhofft deutlich wurde, daß das anders war. Nicht nur diese, auch andere Redeweisen, die ich als Kind gelernt und für das übliche gehalten hatte, schienen nicht überall viel zu gelten, so daß man lernen mußte, sich anders auszudrükken. Ich hörte also andere und vielleicht bessere Wörter, sammelte sie, probierte sie aus und begann im Gebrauch abzuwägen, welche sich eigneten und bei welchen Gelegenheiten und zu welchen Zwecken.

Was Schäfer betrifft, so sagen wir für diesmal ruhig, er war stehengeblieben, um neue Kräfte zu sammeln oder ein schmerzendes Gelenk zu entlasten. Mit einer solchen Vermutung ist nichts verloren, nicht wahr? Aber wenn ich mir sein Gesicht vor Augen halte, und das tue ich die ganze Zeit, ob ich es will oder nicht, so stimmt das nicht. Kein Schmerz. Nicht in diesem Gesicht. Liegt das an mir? Ich bin Witwe. Witwe, sagt man. Ein seltsames Wort ist das. Witwe? Es könnte doch sein, daß mir die Fähigkeit fehlt, schon immer gefehlt hat oder abhanden gekommen ist, gewisse Schmerzen in anderen Menschen zu erkennen, und vielleicht gerade solche, die für Dritte oder Vierte ganz offensichtlich sind.

Für mich sah Schäfer, wenn ich es recht bedenke, in diesem Augenblick aus wie ein Mann, dem etwas in den Sinn gekommen ist, über das er nun, da das Gehen ihn verwirrt oder ablenkt, nachzudenken sucht, indem er stehenbleibt. Das gibt es.

Das Gegenteil gibt es auch, Menschen, die ihre Gedanken nur gehend verfolgen können, als würde Bewegung im Inneren durch bloße äußere Bewegung erzeugt. Wer kennt diese Menschen nicht, die in ihrer Unzufriedenheit unvermittelt aufstehen von ihrem Stuhl, ihrer Ofenbank oder ihrem Barhocker und sich in Bewegung setzen, um nachzudenken? Die Unruhe, die ein solcher Mensch ausstrahlt, kann beträchtlich sein. Diese Veranlagung hat eine Kehrseite und kann dann auch so weit gehen, daß ihnen, wann immer sie gehend unterwegs sind, ganz ungefragt Gedanken in den Sinn kommen, und naturgemäß oft Gedanken von der unliebsamen Art, welchen sie dann nur noch Einhalt gebieten können, indem sie stehenbleiben. Wenn Schäfer zu diesen Menschen gehörte, dann wäre er auf dem Trottoir stehengeblieben, um nicht denken zu müssen.

Beide Möglichkeiten sind denkbar. Und ich bin froh, mich an dieser Stelle nicht entscheiden zu müssen, denn so gut, wie es für eine solche Entscheidung nötig wäre, kenne ich Schäfer nicht.

Schäfer lebt allein. Er hat seit dem Tag, an dem seine Frau ins Koma gefallen ist, keine Beziehungen mehr angeknüpft. Er ist allen Menschen gleich freundlich begegnet und hat niemanden an sich herangelassen.

Ich habe Frau Schäfer besucht. Ich habe zu ihr gesprochen. Man soll das. Andererseits habe ich gehört, daß nur nahe Angehörige zu Menschen sprechen sollen, die nicht bei Bewußtsein sind, weil Fremde sie auf eine Weise erschrecken, die wir uns, solange wir bei Verstand sind, gar nicht vorstellen können. Vielleicht war es falsch, daß ich zu ihr gesprochen habe, nicht wahr? Das gut Gemeinte ist nicht in jedem Fall das Richtige, und oft nicht einmal gut gemeint.

Wenn ich von Schäfer gesagt habe, er hätte keine Beziehungen mehr angeknüpft, so muß ich darauf noch einmal zurückkommen. Ich möchte mich für die sonderbare Formulierung entschuldigen, die ich nur verwendet habe, weil sie gebräuchlich ist und mir keine bessere einfallen wollte. Vielleicht gibt es keine. Ich kann nur hoffen, daß sie keine allzu falschen Vorstellungen weckt.

Vieles habe ich vergessen aus der Zeit, als mein Mann noch lebte. Anderes bleibt, und ich frage mich, wie das menschliche Gedächtnis die Dinge auswählt, die ihm der Mühe wert sind, sie aufzubewahren und uns gelegentlich wieder vor Augen zu halten, nicht um uns in unserer Unzufriedenheit zu bestärken, vermute ich, sondern aus bloßer Wehmut. Und was wäre Wehmut anderes als Reue? Burkhard blieb abends meist länger in der Firma, weniger aus Fleiß, als weil er sich vor dem Heimkommen fürchtete, oder, um genau zu sein, er fürchtete sich davor, daß zu Hause gewisse Erwartungen an ihn gestellt würden. Und damit hatte er recht. Nachts hatte er selten Interesse an mir. Statt dessen gab es Übergriffe im falschen Moment. Aber davon redet man nicht. Also das andere: Ich konnte die Arbeit im Garten nicht allein schaffen. Dabei war das Grundstück nicht allzu groß. Mit den Blumen kam ich gut zurecht. Aber die Büsche und der Rasen waren, so lautete unsere Abmachung, seine Sache. Gleich in unseren ersten Jahren begann er, zunächst einen gewissen Hochmut und dann ausgesprochenen Abscheu gegen gepflegte Rasen zu entwickeln, wie er mir vor allem dann, aber nicht nur dann erklärte, wenn ich mich beklagte, daß die herumfliegenden Unkrautsamen mir unnötige Mühen verursachten. Mit der Zeit beantwortete er meine Bitten nicht mehr und gewöhnte sich die Art von sehr langsamem Nicken an, mit welchem Menschen, die eine besondere Art von Zuneigung zu den sogenannten einfachen Dingen des Lebens herausgebildet haben, den Eindruck quittieren, daß man sie nicht versteht oder nicht verstehen will und sie jede Hoffnung aufzugeben gezwungen sind, daß sich daran noch etwas ändern läßt.

Das Gras stand oft so hoch, daß man ihm mit unserem Rasenmäher nicht mehr beikommen konnte. Und außerdem war es, wenn Burkhard heimkam, meist schon zu dunkel, um den Rasen zu mähen. Tat ich es, hielt er beim ersten Blick aus dem Fenster, der auf die unerwartet geschorene und deswegen in der späten Dämmerung ziemlich struppig daliegende Wüste fiel, den Atem an, wurde rot im Gesicht, schlug jede erreichbare Tür zu und kam lange nicht wieder. Auf die Weise wollte er mir zu verstehen geben, daß er an diesem schönen Abend eigens heimgekommen sei, um seine Wiese zu mähen, mit der Sense wie unsere Vorfahren, und nun von mir auf eine leider typische und höchst rechthaberische Weise daran gehindert worden sei. Er war der Ansicht, ich ließe keine Gelegenheit aus, um ihn zu demütigen. So wollte es der Lauf der Dinge, daß er praktisch nie mehr dazu kam, den Rasen seines eigenen Elternhauses zu mähen. Meistens, das müssen wir ihm zugute halten, merkte er gar nicht, wenn ich die Sache in die Hand genommen hatte.

*

Und nun war dieser alte Mann mit dem Rücken zur Ligusterhecke stehengeblieben und schaute und versuchte zu begreifen, wie die Schattierungen der Ferne mit ihren Hügelrücken fürs Auge täglich neu Gestalt annahmen, und sich zu erinnern, was gestern und vorgestern und vor Jahren sich anders dargestellt hatte. Dergleichen verschwindet ja mit seinen Einzelheiten gewöhnlich aus unserem Gedächtnis, sobald sich ein neuer Eindruck über eine zwar augenfällige, aber doch vage Erinnerung schiebt. Dann erinnerte er sich auch an den Tag, als er zu seiner unbeschreiblichen Verblüffung entdeckte, daß Liguster, wenn man ihn läßt, zu blühen beginnt und einen Duft ausströmt, der mit wenig zu vergleichen und so intensiv ist, daß der Mensch beim bloßen Gedanken daran unwillkürlich den Atem anhalten und sich erinnern wird. Nur wenige, sagte sich Schäfer, kennen den Duft und die Veränderungen, welche die Tage im Juli oder im späten Juni durch ihn erfahren. Und den anderen wird niemand den Charakter dieser Veränderung erklären können. Je schwerer Dinge wie dieser Duft mit Worten zu beschreiben sind, um so tiefere Wurzeln haben sie in den unzugänglichen Räumen unseres Inneren und um so inniger sind sie verknüpft mit Dingen, die wir, ohne es je glaubwürdig begründen zu können, immer für wesentlich halten werden.

Schäfer fragte sich auch, wie es zu den feinen Abstufungen der auf die Ferne zu dunstiger werdenden Höhenzüge kam, da er überzeugt war, daß einem jeden Erscheinungsbild, so unbegreiflich es aussehen mochte, schlichte und durchaus beschreibbare materielle Vorgänge zugrunde lagen, und beschloß, sich bei Gelegenheit kundig zu machen. Aber auch ohne sie zu kennen, erschauerte er beim Gedanken an die Klarheit dieser gewissermaßen hintereinander gelagerten Kulissen, bewunderte die unfehlbar feinen Abstufungen des Verschwimmens und ihre Schönheit und glaubte an diesem außerordentlichen Morgen, daß solche Schönheit durch nichts auf der Welt aufzuwiegen sei.

Dabei waren die Voraussetzungen nicht günstig für derartige Fragen. Zwar bietet sich in der Kurve ein gewisser Fernblick, aber doch nicht so, daß jemand deswegen stehenbleiben würde, denn es gibt nur fünf Minuten von dort weiter oben andere Plattformen, vor denen sich ein wirklich spektakuläres Panorama auftut und wo die Gemeindebehörden sogar Bänke aufgestellt haben, damit Menschen, die nicht gut auf den Beinen sind, hier den beglückenden Blick und die notwendige Ruhe gleichzeitig finden.

Von unserem Garten aus gab es nichts, was man einen Blick hätte nennen können, man sah die umliegenden Häuser und die an zwei Seiten vorbeiführenden Straßen mit ihrem Autoverkehr und den Wohnblocks auf der anderen Seite, und ich habe mir immer vorgestellt, wenn ich einmal alt wäre, schöne Stunden auf diesen Bänken zu verbringen mit ihrer Stille und ihrer Aussicht. Um so mehr wundere ich mich, daß ich in all den Jahren noch nie einen Menschen dort habe sitzen sehen.

*

Wir hatten selten Gäste. Burkhard scheute sich, irgend jemandem Einblick zu geben in unsere Lebensweise. Schon die Art, wie unser Wohnzimmer eingerichtet sei, sagte er, sei ungeeignet, um Gäste zu empfangen. Er sagte das öfter. Das eine Mal fehlte es am offenen Feuer, ohne das man niemandem einen Abend bei uns zumuten dürfe. Das andere Mal waren es die silbernen Leuchter, die wir nicht hatten, weil ich sie nicht mochte. Eines Abends ging ich nach meinen Bürostunden in ein Fachgeschäft, ließ mir alles zeigen, was sie auf dem Gebiet hatten, verließ den Laden mit zwei dreiarmigen und schimmernden schneeweißen, sich nach oben verjüngenden Kerzen und einem Dutzend weiteren als Reserve, stellte sie zu Hause auf die Anrichte und zündete die Lichter an. Als Burkhard heimkam, waren sie zu einem Drittel heruntergebrannt.

»Was ist denn hier los?« sagte er. »Ist jemand gestorben?«

Dann lud er doch jemanden ein, einen Arbeitskollegen und seine Frau.

»Wir müssen uns revanchieren«, sagte er, als ich ihn erstaunt ansah.

»Revanchieren?« Ich kannte die Leute überhaupt nicht.

»Ich verdanke ihm einiges«, erklärte Burkhard. »Ein guter Freund. Auch im Geschäft. Hat nach dir gefragt.«

Sie kamen alle drei zusammen zur Tür herein, gleich nach Feierabend, weil es das einfachste war. Unsere sechs Kerzen schimmerten bereits in ihren Leuchtern. Burkhard entschuldigte sich sogleich dafür, daß wir keinen offenen Kamin hatten. Ein trockener Sekt sollte uns über diesen Mangel hinweghelfen. Er konnte mit den Drähten, die den Korken fixieren, ausgesprochen gut umgehen und wurde dafür gelobt. Seine Eltern hätten, sagte er beim Nachschenken, zeitlebens auf einem Leben ohne Luxus bestanden, und er, der ja von den Früchten dieser Sparsamkeit nun zehren dürfe, ehre gewissermaßen ihr Andenken, indem er nicht umbaue. »Außerdem mag meine Frau den Dreck nicht.«

»Dreck?« sagte Enrico. Mit dem zweiten Glas war ich in ihre Vornamen eingeweiht und gleich auch darüber informiert worden, daß er auf den Namen Erich getauft war, aber auf keinen Fall so genannt werden wollte. »Was für Dreck denn?«

»Asche«, sagte ich. »Rauch und Staub.«

»Daß ihr Frauen euch immer so anstellt!« rief er fröhlich. »Wenn es ums Putzen geht.«

»Holz«, fuhr ich fort, »Splitter, Rindenstücke, Käfer und Spinnen.«

Vera fing an zu lachen. Sie schien zu wissen, wovon ich redete.

»Aber ein Mann ohne Feuer«, sagte sie, »ist wie ein –« Sie zögerte, um einen geeigneten Vergleich zu finden, ihr Zögern leitete unmittelbar zum nächsten wispernden Glas über, und ich ging in die Küche. Von dort hörte ich ihre Stimmen und wie sie gewohnt waren, miteinander zu sprechen und die Bälle aufzufangen, die sie einander zuwarfen, weil Burkhard öfter abends noch auf ein Bier mit ihm zusammensaß, um Interna aus der Firma durchzusprechen.

Ich rührte den Salat durch, sah nach, ob im Backofen alles war, wie es sein sollte, ging in die Knie und machte die Klappe auf, um ganz sicher zu sein. In diesem Augenblick klopfte es am Türrahmen. Enrico lehnte dort und schaute und flüsterte »Knusper, knusper, knäuschen –« und fuhr nach einer Pause fort: »Die Hexe habe ich mir immer ganz anders vorgestellt, mehr wie –«

»– eine steinalte Frau, die sich auf eine Krücke stützt«, half ich aus.

»Danke«, sagte Enrico. »Hexe.«

»Keine Ursache.« Ich rieb mir die Augen vom Dampf, der aus dem Auflauf aufstieg. »Brauchst du was?«

»Ein Knöchelchen, für den Fall, daß du wissen willst, ob ich bald fett bin.«

»Knöchelchen gibt's erst nach dem Essen.«

»Also dann. Und jetzt soll ich den Wein holen.«

»Steht da drüben.«

Er nahm die Flasche in seine Linke, hielt mir die Rechte hin, um mich von meinem unseligen Platz hochzuziehen, und tat es mit einer galanten Drehung, so daß ich in seinen Armen zum Stehen kam, als hätte er mich zum Tango aufgefordert, nur daß meine Hand in einer Art sanftem Polizeigriff auf meinen Rücken zu liegen kam, statt auf seinen Oberarm. Ein paar Sekunden länger, als das bei einem ersten Besuch üblich ist, drückte er mich gegen seine Vorderseite, und während ich auf ein zweistimmiges Lachen aus dem Wohnzimmer horchte, fühlte ich übergangslos diese besondere Erscheinung des männlichen Unterleibs, die mich wieder Willen daran erinnerte, wie ich als junges und ganz ahnungsloses Mädchen mir das Phänomen als die merkwürdige Gewohnheit von manchen jungen Männern zu erklären versucht hatte, sehr große Schlüsselbunde oder dergleichen in ihren Hosentaschen zu tragen, die ihnen dann bei dem Wunsch, sich an meinen Bauch zu drücken, in die Quere kamen. Es war eine Gewohnheit, die ich nur bei jungen Männern beobachtete, die mir nicht gefielen, obwohl sie oft schönere Namen hatten als die andern, die ich mochte. Das letztere schien an jenem Abend in meiner Küche genauso zu gelten wie früher, nur daß ich inzwischen wußte, worum es sich handelte. Ich hätte es jedoch lieber für einen Schlüsselbund gehalten, und zwar weniger weil Enrico mir nicht sehr gefiel oder weil ich verheiratet war, sondern weil mir die Luft wegblieb vor Gier, obwohl er mir nicht gefiel. Und das lag daran, daß ich verheiratet war oder, um genauer zu sein, an der Art, wie wir seit unserem zweiten Jahr verheiratet waren. Burkhard gefiel mir. Er hat mir immer gefallen, selbst dann, wenn ich glaubte, ich könnte ihn keine Minute länger ertragen. Im Wohnzimmer wurde längst die Flasche mit dem Roten geöffnet, als ich noch in der Küche lehnte und mich nicht rührte und in meinem inneren Aufruhr am liebsten hinübergegangen wäre, um zu schreien und meinen Mann zu schütteln, daß ihm Hören und Sehen verging. Tapfer verschluckte ich diesen Wunsch und trug lächelnd den Salat ins Zimmer.

Nach dem Hauptgang, ich hatte das Geschirr mit den abgenagten Knöchelchen hinausgetragen und ließ die Himbeeren heiß werden, kam Vera in die Küche.

»Sollst du diesmal den Wein holen?«

Sie schüttelte den Kopf. »Bier.«

»Bier?«

»Hör nicht auf das, was sie sagen. Männer wollen doch nur das eine. Bier trinken.«

»Auf deine Verantwortung. Ist auf dem Balkon.«

Unser Balkon ist hinter der Küche. Sie holte ein paar Flaschen herein und begann mich dann zu meinem Ehemann zu beglückwünschen. Sie hörte gar nicht mehr damit auf. Sie kannte ihn gut, sie kannte ihn, dachte ich insgeheim, fast besser als ich, weil Erich ihn so oft mitbrachte. »Auf ein Bier, nicht wahr? Und er ist noch kaum zur Tür herein, da fragt er auch schon, ob er irgendwo Hand anlegen könnte.« Erich, ergänzte sie nachdenklich, würde das nie machen. Der komme zur Tür herein, ziehe sich um, setze sich hin und bleibe dann sitzen. Burkhard dagegen lese einem Wünsche gewissermaßen von den Augen ab. Man müsse gar nichts sagen. Außerdem könne er praktisch alles, und das gebe es heutzutage ja sonst kaum noch, Männer, die alles können. Sie meinte, daß ich das große Los gezogen hätte, und fragte, ob ich es wohl zu schätzen wußte.

»Und du?« sagte ich.

Sie wußte nicht, was sie sagen sollte. Ich glaube, sie ist rot geworden, kann mich aber getäuscht haben.

»Wie paßt du da rein?« beharrte ich.

Es muß etwas mißtrauisch geklungen haben. Sie lachte. Dann errötete sie, und dann fiel ihr endlich etwas ein, was sie sagen konnte. »Jemand sollte das Bier reinbringen, bevor es warm wird.«

*

Unter diesen Umständen überlegte ich mir, ob wir nicht an unserem Leben etwas ändern müßten. Das Verhalten von Menschen hängt ja immer auch von den Umständen ab, nicht wahr?

»Vielleicht sollten wir umziehen«, sagte ich.

»Umziehen?«

»Es gibt schöne Wohnungen«, erklärte ich meinem Mann, »in denen man sich nicht mit der Gartenarbeit herumschlagen muß.«

»Ich mache die Gartenarbeit gern!«

»Wann?« sagte ich.

Wir setzten unser Gespräch ein paar Tage später fort. Ich setzte es fort, indem ich wiederholte: »Es gibt schöne Wohnungen.«

Das kam für ihn überhaupt nicht in Frage. Es war schließlich sein Elternhaus, in dem wir wohnten, und nicht meins. Eine Wohnung wäre uns auch teurer zu stehen gekommen, und das Haus war nicht so groß, daß ein kinderloses Ehepaar sich darin verloren hätte vorkommen sollen.

Ich schwieg.

»Es liegt nicht an mir, daß wir keine Kinder haben«, sagte er. »Vergiß das nicht.«

*

Ich hätte Schäfer fragen sollen, ob sie Kinder haben. Ich habe gar nicht daran gedacht. Vielleicht denkt man daran nur, wenn man selbst Kinder hat. Ja, das könnte sein. Aber sonderbar ist es doch. Außerdem kommt es darauf nicht an, denn sie wären ohnehin seit langem erwachsen gewesen, schon damals.

*

Wir hatten nicht nur den Rasen, der beim Verwildern auf eine höchst unangenehme Art natürlich wurde. Wir hatten gegen die Straße auch eine von diesen Hecken, die nicht für die freie Wildbahn gemacht sind und in Gärten ihren Zweck verfehlen, wenn man sie nicht einigermaßen sachgerecht schneidet.

Unser Liguster bekam schüttere Stellen, die sich erst zu Löchern und dann zu öffentlichen Durchgängen für vorbeilaufende Hunde auswuchsen. Nur ein Gutes hatte die Verwilderung: der Liguster begann zu blühen und aufs schönste zu duften.

»Was riecht so?« sagte mein Mann in einer schönen Mondnacht beim Heimkommen. Es war noch Juni.

»Wo?«

»Draußen. Bei der Hecke.«

»Gefällt's dir?« Ich war glücklich, daß er seine Sinne wieder einmal für eine sinnvolle Wahrnehmung einsetzte.

»Was ist es?«

»Der Liguster.«

»Liguster?«

»Der Liguster blüht.«

»Liguster blüht nicht.«

Ich lachte freundlich.

Aber er traute mir nicht und ging selber nachsehen. In der Nacht kam er nicht mehr nach Hause. Am andern Tag hörte ich ihn in der Garage, wo wir die Gartengeräte aufbewahrten. Und dann schnitt er die Hecke auf eine Weise, die sie fast umgebracht hätte. Erholt hat sie sich jedenfalls nicht mehr von diesem Schnitt.

*

Wenn er zu Hause war, sah man ihn lesen. Lesen verkörpert hohe kulturelle Werte, aber manchmal wünschte ich mir, er würde auch einmal den Fernseher anstellen, nicht weil andere Leute das auch machen, sondern weil man das gemeinsam tun und über das Gesehene vor allem dann, wenn es einem nicht gefällt, auch miteinander reden kann. Er zog Bücher vor. Ein schöner Zug, nicht wahr? Er hatte nichts dagegen, daß ich seine Bücher auch las, er forderte mich geradezu dazu auf, und an den langen Abenden hatte ich Zeit, einen gründlichen Blick hineinzuwerfen, bis er heimkam. Das Bedürfnis, sie durchzulesen, was meine natürliche Anwort auf ein angefangenes Buch wäre, wollte jedoch nie richtig aufkommen. Nicht daß sie schlecht waren, es handelte sich offenbar um lauter Meisterwerke, und Burkhard wußte immer neue Autoren mit immer neuen Titeln aufzutreiben, die meistens übersetzt und in oft gewagten und sehr unterschiedlichen Stilrichtungen geschrieben waren, aber eins gemeinsam hatten: sie beschrieben eine Art von Leben, die ich auch auf bedrucktem Papier nicht allzu lange aushalte. Die Art, wie ich leben wollte, nahm sich daneben ausgesprochen belanglos aus, was mir auch dann, wenn mein Mann es mir nicht wiederholt unter die Nase gerieben oder an den Kopf geworfen hätte, unangenehm gewesen wäre. Immer handelten diese Bücher von Männern, die ein außerordentlich exzessives Leben führten, einige brauchten Frauen dafür, andere nicht. Mord und Totschlag sowie die achtlose Schädigung von Zweit- oder Drittpersonen waren keine Seltenheit, obwohl es darum dann doch nicht zu gehen schien. Es ging ums Dasein als solches, in welchem Selbstzerstörung jeder Art eine wesentliche Rolle spielte und Unglück entweder als Normalzustand der menschlichen Existenz, als Racheakt einer bösartigen Welt, als selbstgewähltes Heldentum oder als Glück dargestellt wurde. Besonders viele von den Meisterwerken, die er las, beschäftigten sich mit den in ihrer Großartigkeit qualvollen Leiden, welche der Alkoholismus oder eine andere Abweichung von unseren kleinlichen Normen hochbegabten Männern auferlegte, die entweder schon berühmt waren oder aus bloßer Ungerechtigkeit noch darauf warten und immer damit rechnen mußten, daß ein tragisches Ende ihrem öffentlichen Sieg zuvorkam.

Wenn Burkhard sagte, es liege nicht an ihm, daß wir keine Kinder hätten, hatte er natürlich recht. Er wollte Kinder. In sein Elternhaus, sagte er, gehörten Kinder.

Ich sagte, und ich sagte es nach all den Jahren wohl zugespitzter, als das übliche menschliche Taktgefühl erlaubt: »Ich habe nicht die Absicht, eine alleinerziehende Mutter zu werden.«

Burkhard schaute mich entgeistert an: »Und ich habe nicht die Absicht, dich zu verlassen.«

»Das habe ich nicht gemeint.«

»Und was hast du gemeint?«

»Daß ich sie in jedem Fall allein erziehen muß.«

Ich hätte gern vermieden, ihm zu erklären, was ich damit sagen wollte. Ich war zwar diejenige, die keine Kinder wollte, aber daß ich sie nicht wollte, lag an ihm, und das sage ich nicht gern. Ich war sicher, er verstand auch so, um was es ging. Aber er bestand darauf, es von mir erklärt zu bekommen. Was sollte ich tun? Schweigen? Nein. Daß er von dem, was er meine penetranten Andeutungen nannte, die Nase voll hatte, wußte ich seit langem. Ich formulierte also so vorsichtig wie möglich, daß ich mir nicht recht vorstellen könnte, er werde, bloß weil ein Kind im Hause sei, seine Gewohnheit aufgeben, erst dann heimzukommen, wenn ein Kind längst schlafe, und das in einem Zustand, der einem Kind, wenn es noch einmal wach werde, nicht guttue.

»Woher willst du wissen, was ich tue, wenn ich ein Kind habe?« Nach diesem Satz habe ich lange kein Wort mehr von ihm gehört. Ich wüßte nicht mehr zu sagen, wie lange. Irgendwann hörte unser gemeinsames Schweigen wieder auf, aber was wir uns dann zu sagen hatten, gefiel mir oft nicht besser.

Hinzu kam etwas, worüber ich nicht gern spreche, und man soll ja auch über Tote nichts Ehrenrühriges sagen. Formulieren wir es einmal so: sein Interesse an mir schien erloschen, aber sobald er getrunken hatte, wurde ihm das Liebesleben dringlich, und gerade dann funktionierte es nicht. Ich weiß nicht, ob das üblich ist oder auf irgendwelche Unverträglichkeiten zwischen uns zurückzuführen war, jedenfalls wurde auch das bald zu einer von den Sachen, die ich in die Hand nehmen mußte. Und gefallen hat mir das nicht.

*

Was ich gegen die Hunde tun sollte, die unseren Garten durchstöberten, wußte ich nicht. Seit unsere Hecke halb abgestorben war, gingen sie ein und aus, wie es ihnen paßte. Ich schlug vor, einen Zaun anbringen zu lassen, während für ihn diese Idee nichts als biedermeierliche Beschränktheit ausdrückte. Dabei fürchtete ich mich manchmal geradezu vor ihnen. Eines Nachts haben die Hunde Burkhards Hose zerrissen. Ganz verwirrt von Angst und Empörung und den üblichen Bewegungsstörungen kam er herein und brachte kein Wort heraus. Ein Bein blutete. Ich verband es ihm, so gut ich konnte. Dabei hätte ich ihn in diesem Augenblick am liebsten umgebracht. Er schaute den Verband an und sagte, er müsse ins Krankenhaus. Sofort.

»Warum?«

Ich hätte es mir denken können. Er war nicht davon abzubringen, daß ein Hund, der ihn nachts ins Bein beißt, tollwütig sein muß. Ich versuchte ihm zu erklären, daß Hunde auch andere Gründe haben können für das, was sie tun, ob es uns gefällt oder nicht.

Er bestand darauf, daß ich ihn in die nächste Notfallstation fuhr. »Willst du, daß ich krepiere?« sagte er und lehnte sich im Sessel zurück.

»An Tollwut stirbt man nicht«, sagte ich, obwohl ich wußte, daß das Gegenteil richtig ist. Andererseits wußte ich auch, daß selbst eine kompetente Behandlung einen gefährlichen Verlauf nehmen kann. Aber da man auch mit Tetanus nicht spaßen sollte, sagte ich: »Gut, dann fahren wir eben.« Ich bekam keine Antwort, mein Mann war auf seinem Sessel eingeschlafen. »Dann fahren wir eben nicht«, sagte ich, und als auch darauf keine Anwort kam, ließ ich ihn schlafen und ging ins Bett.

Lieber würde ich etwas anderes denken. Wie kommt es nur, daß wir uns nicht aussuchen können, was wir denken wollen? Es gäbe doch genug andere Erinnerungen in meinem Kopf, bessere, mit denen sich leben ließe. Statt dessen ist mir, als hätte ich gar keinen Einfluß auf das, was sich meinem Gedächtnis eingraviert. Gravieren ist ein sonderbares Wort, über das ich in diesem Zusammenhang nie nachgedacht habe. Vielleicht ist es das falsche Wort, aber da ich es nun einmal verwendet habe, sollte ich das Versäumte bald nachholen und es genauer ansehen. Vielleicht sollte ich es sogar nachschlagen. Wer weiß, was dabei herauskommt, nicht wahr?

*

Schäfer hat, wenn ich das heute einmal so sagen darf, das Problem gelöst. Allein hätte ich es nicht geschafft. Ich hätte mir auch bessere Lösungen gewünscht, aber es haben sich keine gefunden. Und was immer mir in den Sinn gekommen ist, ließ sich nicht in die Tat umsetzen oder nicht von mir. Oder es wäre für meinen in sein Unglück verstrickten Mann zu schmerzhaft gewesen. Kurz, alle Möglichkeiten, unsere Lage zu ändern, schienen von Jahr zu Jahr in weitere Ferne zu rücken. Offensichtlich ging es nur so, wie es dann gegangen ist. Nur läßt sich damit schlecht leben.

Und heute morgen stand Schäfer da. Sein Blick leuchtete. Vielleicht horchte er auf das Summen der Insekten, die um die Hecke flogen. Jedenfalls sah er, obwohl groß gewachsen, fast klein aus vor seinem hohen grünen Hintergrund. Nichts Ungewöhnliches war an ihm, er wird seine Gründe haben, so zu stehen, dachte ich, und seine Gründe gehen mich nichts an, nicht wahr?

Vielleicht hat er es einfach nicht eilig?

Vielleicht steht er einfach da an diesem Junitag mit seiner Ligusterblüte und erinnert sich. Doch halt – das ist nicht seine, das ist meine Erinnerung.

Vielleicht denkt er an seine Frau – ich habe immer angenommen, daß sie gestorben ist, ohne zu wissen, wann und wie. Die Möglichkeit, daß sie noch am Leben ist und daß er sie im Rollstuhl herumfahren muß, ist mir gar nicht in den Sinn gekommen. Aber er steht allein da.

Im ersten Augenblick wollte ich nicht wissen, daß er es war. Aber damit kommt der Mensch nicht durch. Nicht einmal dann, wenn wir den Mann viele Jahre nicht gesehen haben. Und ich kannte ihn ja auch nicht gut. Ich kannte ihn gewissermaßen überhaupt nicht.

Ich lerne Schäfer erst jetzt kennen und erst dadurch, daß ich über ihn nachdenke. Und ich denke über ihn nach, weil ich mich an soviel erinnere und weil diese Erinnerungsblasen nach oben steigen und platzen und weil sie gar nicht aufhören wollen, als hätten sich diese Dinge jahrelang in meinem Innenraum breitgemacht und für nichts anderes mehr Platz gelassen, ohne daß ich es gemerkt hätte. Und dann steht an diesem Junimorgen ein Mann da und geht nicht mehr weg und ist Schäfer. Und der Morgen ist ein Junimorgen, und mein Kopf ist voll von Material, das geordnet werden müßte.

*

Alles ist hell und freundlich an diesem Tag, ein leichter Wind geht, leicht scheint alles Sichtbare und Unsichtbare dahinzufließen, als könnte das Leben unter gewissen Umständen doch genau so sein, wie es sein sollte und wie es die Menschen, wenn sie vor immer neuen Hürden stehen, sich wünschen.

Tage, die die denkbare Schönheit des Lebens mit solcher Klarheit zeigen, sind selten, und noch seltener sind Tage, die einem erlauben, auch Gebrauch zu machen von dieser Schönheit und in ihr nicht nur eine Mahnung an das zu sehen, was sein sollte und gerade an diesen Tagen besonders unerreichbar wird. Diese Art von Wirklichkeit scheint geradezu die Kehrseite zu sein von unmittelbar bevorstehender oder soeben hereingebrochener oder unüberwindlicher Ausweglosigkeit.

Ganz so wie heute duftete der frühe Sommertag damals an meinem freien Montag zu den Fenstern herein, als ich das Telephon abnahm, bereits beim Ausstrecken der Hand starr vor Schreck, obwohl ich noch nicht wissen konnte, daß mein Mann, der von der letzten Nacht noch nicht zurückgekommen und entweder schon im Büro oder noch Gott weiß wo war, von einem abwärts fahrenden Wagen angefahren und, wie eine Männerstimme es ausdrückte, auf dem Weg ins Krankenhaus war. Ich stürzte mich, damit es schneller ging, mit dem Fahrrad den Hügel hinunter, Burkhard war keineswegs auf dem Weg ins Krankenhaus, lag aber schon auf einer Bahre und war ganz zugedeckt. Sie wollten nicht, daß ich mit einstieg, wie man es tut, wenn jemand gerettet werden soll.

Ich habe noch nie einen Toten gesehen, dachte ich, als ich auf die Bahre zuging. Es kam mir sehr unglaubwürdig vor, daß das in meinem Alter möglich war und Tote mir nur aus Filmen geläufig waren, wo sie unermüdlich von totgeschminkten Schauspielern dargestellt wurden und nicht wirklich und unwiderruflich tot waren. Zugleich wußte ich, wie unangemessen dieser Gedanke war, so kurz er auch sein mochte, und daß ich etwas ganz anderes hätte denken müssen. Das brachte mich zur Verzweiflung. Ich hatte das Falsche gedacht, und es war nicht wiedergutzumachen. Ein Unfallwagen fuhr ab und stellte, kaum war er um die Ecke gebogen und nicht mehr zu sehen, eine geisterhafte Sirene an. Tote aller Art erschienen mit einer Geschwindigkeit, die man schon geradezu Gleichzeitigkeit nennen müßte, vor meinen Augen, Erschossene, Ertrunkene, von Müllwagen Zerquetschte, ich konnte gar nichts gegen ihr Erscheinen tun und schämte mich deswegen. Nur als ein Mann, der dazu befugt schien, die Abdeckung von meinem totgefahrenen Ehemann aufhob, damit ich erkennen konnte, daß er es war, dachte ich wahrscheinlich für einen Augenblick das gleiche, was alle an meiner Stelle denken würden. Mir wurde schlecht. Sie stellten mir etwas hin, worauf ich mich setzen konnte. Ich saß und horchte auf das Verschwinden des Martinshorns und dachte an nichts anderes mehr. Ich hörte jemand sagen, ich hätte einen Schock, und das kam mir so absurd vor, daß ich mir Mühe geben mußte, nicht laut herauszulachen. Was ist das überhaupt, ein Schock? Lachhaft.

Der Mann hatte keine Ahnung, wie oft ich mir genau diese Szene schon ausgemalt und an allen möglichen Kreuzungen und Fernstraßen und Brücken vorgestellt und durchgespielt hatte, wenn ich allein im Bett lag und nicht wußte, was los war. Manchmal war ich krank vor Angst. Manchmal telephonierte ich herum, von vornherein überzeugt, daß es nichts nützen würde, und doch enttäuscht, wenn es so war. Manchmal dachte ich dann, vielleicht wäre es das beste für ihn. Das denkt man leicht einmal, wenn man nach vielen Jahren Stück für Stück die Hoffnung aufgegeben hat, daß vielleicht doch noch ein ganz normales Leben mit ganz normalen Sorgen auf einen wartet. Oft habe ich den Kopf geschüttelt über mich, wenn sich die unsinnige Hoffnung dann ganz von selbst mit ihren Einzelheiten wieder aufgerichtet hatte, so daß ich von neuem all meine Kräfte brauchte, um sie wieder aufzugeben. Der Mensch soll sich keinen unerfüllbaren Hoffnungen hingeben, das ist nicht recht und macht anderen das Leben nur schwerer. Andererseits, und das kam mir in verzweifelten Stunden in den Sinn, soll der Mensch die Hoffnung nicht aufgeben und an seinen Nächsten glauben. Wir unterliegen einer moralischen Verpflichtung, zuversichtlich das Mögliche zu tun und dadurch das Unmögliche möglich zu machen, sagte ich mir vor allem dann, wenn ich keinen Weg mehr sah, das in irgendeine Art von Tat umzusetzen. So blieb, was auch immer ich tat, unverantwortlich und im besten Falle nutzlos.

»Mir kann nichts passieren«, sagte Burkhard. Er schien das zu glauben. Oder er wollte, daß ich glaubte, daß er daran glaubte. Oder es war ihm gleichgültig, und er wollte nur noch irgend etwas sagen, damit ich ihn mit meinen Befürchtungen (Befürchtungen sind immer verkleidete Wünsche, sagt man heute, aber damals wußte ich das nicht) in Ruhe ließ, bevor er in seinen Schlaf fiel, wie andere Menschen Gute Nacht sagen oder Schlaf gut.

Als die Sirene so weit weg war, daß man die Vögel wieder singen hörte, begann ich mich zu fragen, warum ich mir seinen Tod überall vorgestellt hatte, nur nicht an dieser Stelle, wo jeder Fußgänger, auch einer, der nicht betrunken ist, in Lebensgefahr ist, weil man ihn nicht rechtzeitig sehen kann.

Es gibt Augenblicke, in denen, so kurz sie auch sein mögen, Platz zu sein scheint, unbegrenzt Platz, um Dinge zu denken, für die man sonst Jahre braucht, vielleicht ein ganzes Leben. Ich dachte nicht geradezu alles in diesem kurzen Augenblick, aber doch vieles, das meiste habe ich vergessen, und ich dachte auch Dinge, die ich lieber nicht gedacht hätte. Ausgerechnet diese Gedanken sind es, die einem im Gedächtnis bleiben. Jeder Versuch, sie später zu vergessen, läßt sie nur deutlicher werden.

Ich habe vergessen, mich zu bedanken, schoß es mir durch den Kopf. Ich sprang auf.

»Wo ist er?« sagte ich.

Der Polizist schaute ratlos.

»Der Fahrer, ich muß ihn noch einmal sprechen.«

Aber Schäfer war natürlich mit dem Unfallwagen mitgefahren. Schäfer hieß er, ich bekam seine Adresse. Den Namen des Krankenhauses, in das seine Frau gefahren wurde, dürfe man mir nicht sagen, erfuhr ich. Danach mußte ich ihn selbst fragen.

Ich habe Schäfer nie mehr gesehen, nachdem ich seine Stimme am Telephon gehört hatte. Er sprach tonlos, wollte mich trösten, ohne zu wissen wie, und war selbst untröstlich. Es war ihm recht, wenn ich seine Frau besuchte, und ich besuchte sie dann, wenn er nicht da war. Ich glaube, er hat es sich so gewünscht, bin aber nicht sicher. Es ist so lange her. Blumen brachte ich ihr, kleine, duftende Sommerblumen, die sie nicht mehr sehen konnte. Ich nahm aber an, daß Menschen, die im Koma liegen, Düfte wahrnehmen können.

Kein Wunder, daß ich ihn nach all den Jahren nicht gleich wiedererkannt habe, diesen Mann, der meinen Mann totgefahren hat.

*

Sein entgeistertes, vollkommen regungsloses Gesicht vor der mannshohen Hecke konnte ich kurz sehen, dann kam etwas dazwischen. Und als ich am Abend dieses Junitages den Hügel wieder hinauffuhr, bog ich so vorsichtig um die Ecke, als müsse man annehmen, daß Schäfer noch dort stand, daß er dem ganzen schönen Tag aus diesem Blickwinkel zugesehen und dabei auf meine Rückkehr gewartet hatte, ohne ungeduldig zu werden, denn Menschen, die nicht mehr leben wollen, bringen ein Maß von Geduld auf, zu dem andere nicht fähig sind, nur um dann im richtigen Augenblick, als geschähe es zufällig und aus der üblichen Fahrigkeit im höheren Alter, auf die Straße hinauszutreten. Ich hielt an, bis auf den Grund erschrocken, so daß mir war, als könne ich keinen der Griffe, die zum Autofahren gehören, noch ausführen, fuhr aber gleich weiter, weil ein an dieser Stelle stehender Wagen den nächsten auf eine Weise gefährdet, die ich nicht auf mich nehmen wollte. Sehr langsam fuhr ich, ich sah nichts, die Verbindung zwischen Auge und Hirn schien gestört, so daß, was mir ins Auge fiel, nicht weitergemeldet wurde, ohne daß mir im eigentlichen Sinn schwarz vor Augen geworden wäre. Was ich in aller Kürze gesehen hatte, wurde für immer eingraviert: Auf der Straße war kein Blut mehr festzustellen, was ich längst wußte nach all den Jahren, weil ich das seither bei jeder Fahrt, einem lächerlichen, aber unwiderstehlichen Reflex folgend, überprüft hatte. Im Rückspiegel blitzten die Überbauungen auf der gegenüberliegenden Seeseite im Sonnenuntergangslicht, und zwar so sehr, daß sie mich blendeten. Ferner sah ich, und das war mir neu, daß das hier fast in die Straße hineinragende Grundstück gar keine Ligusterhecke hatte. Hainbuchen waren es, lauten Hainbuchen, die im Sommer grün sind, dann aber schnell braun werden. Wie kann man das verwechseln?

*

Vielleicht war es das beste für ihn, sagen wir bei solchen Gelegenheiten gern. Ich weiß nicht, was andere damit meinen. Von mir weiß ich es. Es war die salonfähige Fassung eines Gedankens, der mich wie nichts anderes in meinem Leben erschreckt hat und der gerade deshalb nie oder nur für kurze

Zeit loszuwerden war und der sich, je mehr Zeit verging, um so unüberhörbarer zurückmeldete und nicht zuließ, daß ich mich an den Schönheiten des Lebens so freute, wie ich das bei anderen Menschen zu beobachten glaubte. Aber wie soll ich wissen, was in den anderen vorgeht, ohne mich zu irren, wenn ich nicht einmal weiß, ob Schäfer diesen Junimorgen genießen oder ob er sterben wollte? Der Abend jedenfalls kam nach diesem Morgen spät, und Schäfer stand nicht mehr im Telephonbuch.

Aufpassen
Vom Tod eines Großvaters im Jahre 1914

An meinen Großvater erinnere ich mich. Auch wenn sie es nicht glauben will: genau erinnere ich mich. Er hat seine Pfeife nicht geraucht. Er hat sie auf die Bank gelegt. Und Tage gab es, da hat er nichts anderes getan, als sie von einer Hand in die andere zu nehmen. Vielleicht kostete der Tabak zuviel, das wäre denkbar, aber es sah aus, als suchte er nach dem richtigen Platz für die Pfeife oder nach der richtigen Aufgabe für seine Hände und müßte jedesmal nach ein paar Atemzügen erkennen, daß er noch nicht gefunden hatte, was er suchte, und von neuem anfangen mußte.

Es heißt immer, wir werden uns an nichts erinnern, wenn wir erst vier sind. Nicht daß viel darüber gesprochen wurde, damals. Aber es genügt ja, wenn wir es einmal oder zweimal hören. Als Kinder begreifen wir schnell, und was man so früh begriffen hat, bleibt. »Mit vier bist du zu jung«, das vergißt du nie wieder, weil du vier bist. Und später, wenn in untätigen Minuten vor dem Einschlafen oder beim Warten in den Läden oder in den Wartezimmern die endlos bewegten Gedanken an ihre Ufer schlagen, gibt es dieses unerwartete Stocken im Fluß der Überlegungen, weil die Erinnerung im Weg ist. Unüberwindlich baut sie sich vor der Welt auf. Man muß dankbar sein, sagst du dir und weißt nicht warum.

Ich erinnere mich oft.

Wir haben viel gewartet in all den Jahren, die seitdem vergangen sind, und manchmal habe ich beim Warten an unseren Großvater gedacht, an den ich mich erinnere, während meine Schwester sagt, daß das nicht möglich ist. Seine wenigen Worte und seine wenigen Schritte, die sind mir geblieben. Andere hatten damals zwei Großväter, wir nur diesen einen. Weit laufen konnte er nicht mehr. Das weiß ich. Und ich weiß, daß er seine Pfeife nicht geraucht hat. Er hat sie aus der Jackentasche geholt, mit der linken Hand aus der linken Tasche, hat sie erst angeschaut, als müsse er überlegen, ob er rauchen wollte oder nicht, und sie dann auf die Bank gelegt, gleich neben sich auf das abgeblätterte Grün dieser Bank, wo wir drei saßen, so sorgfältig, daß, wenn noch schwarze Asche darin gewesen wäre, sie seine Jacke nicht schmutzig gemacht hätte. So sorgfältig aber auch, daß mein Rock nie einen Flecken bekommen hat. Seine Jacke war immer grau, das weiß ich, aber wie mein Rock aussah, habe ich vergessen. Sie lag immer zwischen ihm und mir, diese Pfeife, während zu seiner Rechten meine kleine Schwester ganz an ihn heranrücken konnte, ohne eine Pfeife oder sonst etwas dazwischen. Daß man ihm auf den Schoß stieg, duldete er nicht, sonst ließ er sie gewähren, meine Schwester, weil sie klein war. Und heute behauptet sie, sie erinnere sich nicht an ihn, und glaubt im Ernst, daß sie damals zu klein war, um sich etwas zu merken. Sie sagt, ich denke mir alles nur aus. Sie sagt, ich hätte ihr von Anfang an Geschichten erzählt, die bloß erfunden waren. Es ist nicht wahr, sagt sie. Großvater hätte bis zum letzten Tag seine Pfeife geraucht, haben die großen Brüder ihr erzählt, und nie hätte ihn jemand ohne sie gesehen. Ich weiß das besser. Meine Schwester glaubt ans Hörensagen, aber ich erinnere mich. Ich erinnere mich sogar an seine ausgebeulte Jackentasche, die auch dann ausgebeult war und so aussah, als wäre eine Pfeife drin, wenn er sie schon herausgenommen und auf die Bank gelegt hatte. Aber keiner von den Großen hat je gesehen, daß seine Tasche ausgebeult war, ob nun mit oder ohne Pfeife. Sie sind es, die sich nicht erinnern, sage ich heute.

Seine Augen waren durchsichtig, und wenn man ihn ansah, hielt er den Blick auf eine noch durchsichtigere Ferne gerichtet.

»Aufpassen«, sagte er.

Einmal habe ich ihn wegen der Pfeife gefragt, obwohl ich wußte, daß so eine Pfeife von schwarzem Zeug klebt und nichts für Mädchen ist. »Darf ich sie einmal ansehen«, habe ich gefragt. »Wenn es nur einmal ist«, war seine Antwort. Dann schaute er zu, wie ich sie in die Hand nahm, wie ich sie drehte und wendete, seine Pfeife. Sie war härter, als ich gedacht hatte, starr und unnachgiebig, aber nicht kalt, und ich habe keine Ahnung, warum ich sie mir weicher vorgestellt hatte. Im Grunde fühlte sie sich genauso an, wie sie aussah. Und es war auch nicht einzusehen, warum eine Pfeife weich sein sollte. Sie roch beißend nach erloschenen Feuern, und es sickerte, wenn man sie drehte, ein Geruch aus dem Mundstück, der mir, als ich vier war, widersprüchlich vorkam, da er einerseits ekelhaft war, andererseits aber auf eine unvorstellbare Weise mit Wohlbehagen zu tun hatte oder zu tun gehabt haben mußte. Vielleicht wäre Trost ein besseres Wort oder noch ein anderes, das wir nicht kennen. Großvater sagte nichts mehr, schaute nicht mehr her, nur ab und zu von der Seite, und zeichnete nichts mehr in den Sand. Sein Atem ging hörbar, und ich fühlte seine Ungeduld. Es war, als wartete er darauf, daß ich etwas täte, das er verhindern oder mir verbieten müßte. Ich aber tat nichts dergleichen. Mit vier weiß man zu unterscheiden. Die Unruhe, mit der er aus den Augenwinkeln hersah, ängstigte mich. Sie freute mich aber zugleich, denn nie sonst hat er so auf mich aufgepaßt, obwohl er tat, als sähe er nicht her. Neugierig machte mich das auch, und ich hätte ihn gern gefragt, mir fiel aber nicht ein, wie. Ich wußte ja nicht einmal, was das war, wonach ich fragen wollte.

Was muß ich jetzt für ihn tun, dachte ich mit seiner Pfeife in meiner Hand, und daran erinnere ich mich. Dieser Augenblick war nur kurz, denn meine Schwester, noch zu klein, um sich selbst genug zu sein, begann sich zu seiner Rechten bemerkbar zu machen, indem sie von der Bank sprang.

»Aufpassen«, sagte er.

Er streckte seine Hand nach ihr aus, nur kurz, dann blieb sie auf seinem Knie liegen, seine rechte Hand auf seinem rechten Knie, er warf einen Blick nach links, auf seine Pfeife, und schien nicht zu wissen, wohin er schauen sollte, weil er nicht zwei Dinge gleichzeitig im Auge behalten konnte. Darum legte ich die Pfeife wieder aufs Holz, ganz so, wie er es getan hätte.

»Nun ist sie ausgegangen«, sagt er, nimmt seine Pfeife in die Hand, schüttelt den Kopf und läßt sie sogleich verschwinden, in seiner Jackentasche. Das ist das Zeichen zum Aufstehen. In diesem Augenblick freue ich mich darauf, daß wir gehen, wie ich mich vorher gefreut habe, daß wir uns auf den Weg machen, dann daß wir uns hinsetzen, und mich bald freuen werde, daß wir im Haus ankommen. Dort setzt er sich in die Stube auf die Bank hinter dem Tisch, nickt und horcht auf das Geräusch der Türen, Teller und Stimmen.

Er steht oft auf, er geht um den Tisch herum, geht vorsichtig, in einem Bogen, um nicht anzustoßen, zur Tür, die er leise öffnet und leise schließt, und mir ist, als hörte ich, wie er »Aufpassen« sagt. »Aufpassen.« Dann geht er über den Flur, nach hinten, auf den Hof, dort klinkt mit einem Eisenton die Tür, wir bleiben am Tisch sitzen, unser Fenster sieht nach vorne, wo die Straße vorbeiführt, während er hinten hinausgeht auf den Hof, wo das Klo ist und der Verschlag mit dem Schwein, und dann, wenn wir schon denken, er sei weggegangen, kommt er zurück. Oder er sagt: »Ich geh noch mal«, wenn er aufsteht, nimmt seinen Stock vom Haken und geht dann wirklich über den Hof, über den Graben, wo man zu unserm Acker kommt, wo der Fahrweg vorbeiführt, wo sein Stein in den Binsen liegt, aber den nimmt er nicht mit, glaube ich, er geht den Sandweg nach rechts, das alles sehen wir nicht, aber was soll er sonst tun, es wird ja Abend.

An den Nachmittagen ging er mit uns. Unser Weg zum Park war nicht weit. Ein paar alte Bäume waren das, die zwischen vermoostem Gras und grauen Sandwegen um das Altenheim herumstanden. Darin Bänke, an den sonnigen Rändern standen sie, aber auch tief im Schatten. Nichts Großes. Das war der Park. Wir konnten nicht weiter weggehen, weil meine Schwester so klein war. Gerade bis zur ersten Bank konnte sie es schaffen. Großvater und ich hätten viel weiter gehen können. Mir hätte das gefallen. Wären wir durch den Park gegangen und dann weiter auf der Heerstraße, so wären wir nach einer oder nach zwei Stunden bis an die Harve gekommen. Sonntags nahmen die großen Brüder mich mit, weil man unterwegs Wollgras pflücken und dann im Fluß baden konnte. Oft kamen wir nicht bis an den Fluß, wenn die sumpfigen Ufer weit in die Wiesen hinein überschwemmt waren. Im Winter konnte man dort Schlittschuh laufen. Das durfte ich nicht, weil man auf den Hinterkopf fallen konnte, aber einmal, als es nicht zu kalt war, sah ich den Brüdern zu. Eine Brücke gab es dort nicht, die war weit weg. Ich sah nur gefrorenes Wasser und den Himmel, der die gleiche Farbe angenommen hatte. Mutter wollte eigentlich auch im Sommer nicht, daß ich mitging zum Fluß, aber die großen Brüder sagten: »Wir passen auf.« Und ich selber paßte auch auf. Ich war ja kein kleines Kind mehr.

Großvater nahm jedesmal seinen Handstock vom Haken im Flur, wenn er mit uns ging. Wir gingen langsam, allein schon wegen der kleinen Schwester. Nein. Sie rannte ja immer, bis sie nicht mehr konnte oder nicht mehr wollte. Vielleicht war es doch Großvater, der so langsam gehen mußte. Wir sind auf die Art jedenfalls nicht schnell vorangekommen, und ein Weg, den wir später in fünf oder zehn Minuten gegangen sind, hat sich lange hingezogen. Sobald wir draußen waren, hinten aus dem Hof hinaus und den kurzen Steg über den Graben, ging er noch langsamer, schaute am Boden umher, blieb stehen und hob einen Stein auf. Den steckte er ein, mit der rechten Hand in die rechte Tasche. Ich glaube, es war immer derselbe, den er auf dem Rückweg dann wieder hinlegte. Mir ist dieser Stein immer viel größer vorgekommen, als nötig gewesen wäre. Aber was Erwachsene tun, ist oft schwer zu durchschauen. Warum habe ich nicht darauf geachtet, ob es derselbe war? Jetzt ist es zu spät, und ich werde es nie mehr herausfinden. Die Brüder kann ich nicht fragen, weil sie nichts davon gewußt haben. Außerdem sind sie tot. Ich dagegen bin so alt, wie Großvater damals war, und lebe noch.

Später, als es schon Herbst wurde, die beiden Großen waren längst weg mit den anderen Männern, da bin ich hinausgegangen, um ihn zu suchen, seinen Stein. Zwischen Grasblüten, Sauerampfer und Binsen bin ich herumgekrochen. »Was machst du denn da?« hat mein dritter Bruder gefragt, der noch kein Mann war. »Nichts«, habe ich gesagt.

Großvater trug, wenn wir gingen, seinen Handstock, so daß er mehr einer Last glich als einer Stütze. Er war auch zu groß für ihn, denn unser Großvater war dünn und so eingesunken, daß nicht viel Holz nötig gewesen wäre, um ihn zu stützen. Er hat ihn zum Zeichnen gebraucht. Wenn wir auf der Bank saßen, zeichnete er in den Sand. Der Boden war hellgrau, manchmal wehte der Wind noch helleren Sandstaub darüber hin, dann gingen wir nach Hause, weil es zu windig war. Und wenn man Linien in den Boden ritzte, waren sie dunkel, weil der Sand gleich unter der Oberfläche feucht blieb. Großvater schaute in die Ferne und zog Kreise. Er konnte das, ohne hinzusehen. Meistens aber sah er viel genauer hin, als nötig war. Vielleicht schaute er auch bloß auf seine Füße. Es wurden nie ganze Kreise, nur halbe, und er ritzte Zeichen in den Halbkreis. Man durfte dann nicht sprechen. Denn wenn er etwas hörte, erschrak er und zeichnete neue Halbkreise. Er zog die rundesten Halbkreise, die je ein Mensch gezogen hat. Das war das, was er am besten konnte. Aber es gab auch Tage, an denen ihm nichts gelingen wollte.

»Man muß dankbar sein«, sagte er.

Sein Bett stand in der Kammer hinter dem Schlafzimmer, in dem die Eltern schliefen und wir Mädchen in den kleinen Drahtbetten, die am Fußende aufgestellt waren. Des Nachts hörten wir ihn durchs Zimmer gehen, und wenn der Mond schien, sahen wir, wie er nach den Möbeln fingerte, nicht um sich auf sie zu stützen, sondern mehr, um sie zu vermeiden, indem er sich vergewisserte, daß sie noch da waren. Und meistens hörten wir ihn gar nicht, weil wir schliefen. Nur einmal sah ich, wie er an unsern Kinderbetten stehenblieb, erst an ihrem, dann an meinem, und etwas in seinem Gesicht bewegte sich, bis er weiterging und ich weiteratmete und weiterschlief. Oder ich wartete darauf, daß er zurückkam, sich an den Möbeln und an unsern Betten vorbeitastete, seine Tür leise zumachte und dann mit dem Bett raschelte.

Zuerst hatte ich Angst vor ihm, als er bei uns war. Er war anders als wir alle. Älter natürlich, mit zuviel eingefallener Haut. Aber auch sonst anders. Keiner von uns sprach oder schwieg so wie er. Mit der Zeit wurde es weniger mit dem Anderssein, aber etwas blieb übrig. Daß er in früheren Zeiten nicht so faltig, nicht so gebeugt und dürr gewesen war, das habe ich mir damals nicht vorgestellt. Es ist erstaunlich, daß man mit vier doch nicht auf alles kommt.

Er hatte auch eine besondere Stimme, die keiner Stimme glich, die ich sonst kannte. Ich wünschte mir, er würde etwas erzählen, und wußte nicht, wie ich ihn dazu bringen sollte. Es mußte ja nichts Besonderes sein, irgend etwas aus den Zeiten, die er gekannt hatte, als alles anders war und als andere Menschen gelebt und andere Worte gesagt und andere Dinge getan haben.

Ich hätte ihm gern zugehört. Aber er war schweigsam und zog Halbkreise. Vielleicht erzählte er nichts, weil meine Schwester zu klein war, um zuzuhören. Sie gab keine Ruhe. Oft wußte er nicht, wie er sich wehren sollte. Sie mochte nicht schauen und warten. Sie sprang auf, und er mußte sie festhalten, damit sie nicht weglief. Er hätte es auch lassen können, denn so kleine Mädchen laufen nicht wirklich weg. Vielleicht war das ein Spiel, das sie miteinander gespielt haben. Es war ja nicht einfach, sich Spiele auszudenken für einen Großvater, der nicht gern spielt. Sie hatte das Spiel mit dem Aufspringen, ich hatte das mit der Pfeife. Vielleicht hatten wir noch andere Spiele, überlege ich heute. Aber ich erinnere mich nicht. »Siehst du«, sagt meine Schwester, »du sagst es selber.« Ob wir noch andere Spiele hatten, daran erinnere ich mich nicht. Sonst erinnere ich mich gut. Seine Augen waren schmal und sahen aus, als wären sie mehr in die Mitte zurückgerutscht, als ihnen guttat, und auf die Weise schien sein Blick von so weit innen zu kommen, daß man meinte, ihn gar nicht erreichen zu können.

Sein ängstlicher Blick.

Er sah entweder auf seine Füße oder in die Ferne. Was dazwischen war, gehörte für ihn nicht dazu. Sagte man, »Guck mal, Opa, der Hund da« oder »die Gans da drüben«, dann antwortete er mit »Jaja«, schaute aber nicht hin. Warum? Seine Gedanken waren anderswo. Aber das ist nichts Besonderes bei Gedanken. Wann wären sie je da, wo sie hingehören? Sie laufen und laufen, und wenn wir sie brauchen, haben wir Mühe, sie von überallher zusammenzurufen. Sie sind schlimmer als ein Sack Flöhe, wie man es früher von den Mädchen sagte, eine Bemerkung, die mir schon damals angesichts dessen, was in der Welt wirklich vor sich ging, unbegreiflich vorgekommen ist. Trugen nicht diejenigen, die andere ins Unglück stürzten, immer männliche Namen? Und heute ist es so, je mehr die Zeit vergeht, um so mehr erinnere ich mich. Was Vergangenheit ist, will nicht vergangen bleiben, es drängt sich hervor und schneidet Stücke aus der gegenwärtigen Zeit. Immer größere Stücke.

Störte man Großvater beim Zeichnen oder beim Schauen, so zuckten seine Gesichtszüge kaum merklich nach innen, und ein noch unmerklicheres Schütteln fuhr ihm über die Haut, wie beim Herbstgestrüpp, wenn es versucht, sich gegen das Wetter zu wehren.

Halbkreise, habe ich gesagt, zeichnet er. Es sollte aber anders heißen. Halbe Kreise. Denn was er zeichnete, war nichts Ganzes, wie es ein Halbkreis wäre, es war etwas Halbes, etwas Unvollständiges, das nicht zu vervollständigen war. Er zeichnete innerhalb des angefangenen Kreises noch einen und fuhr damit fort, immer weiter nach innen, und ich dachte mir, vielleicht wird es ein Regenbogen, und sobald ich das dachte, ließ er seinen Stock hin und her schaben, hastig, so daß er auslöschte, was ein Regenbogen hätte sein können. Oder kann etwas, das durch und durch grau ist, kein Regenbogen sein?

Dennoch war es nicht so, daß er gar nichts sagte. Manchmal sprach er im Vorübergehn mit unserm Schwein. Und ich erinnere mich auch an seine Stimme, wenn sie sonderbare Wörter flüsterte. »Hinterlader«, hat er gesagt, »Hinterlader, jawohl, bloß die Franzosen, die hatten noch bessere.« Aber das war so leise, daß ich mir große Mühe geben mußte, es zu verstehen. Verstanden habe ich es trotzdem nicht. Viele Wörter, die ich von ihm höre, verstehe ich nicht. »Sedan«, sagt er, »Sieg oder Kapitulation«, sagt er, »das hatte nichts mit uns zu tun.« Dann sagt er etwas, das ich verstehe: »Ich wollte bloß nach Hause.« Ihm ist es recht, wenn wir nicht verstehen. Er will es so. Er spricht ja nur, weil es sich nicht vermeiden läßt, und nicht für uns. Aber manchmal, wenn er für sich redet, ist er sehr aufgeregt. Oder nicht aufgeregt. Beunruhigt, das trifft die Sache besser, als gälte es, etwas abzuwenden, das näher zu kommen droht, irgend etwas, das ich nicht sehe. Er will seine Beunruhigung nicht zeigen. Man sieht sie trotzdem. Ich lasse ihn nicht wissen, daß ich sie sehe.

Manchmal auch deutliche Wörter.

»Aufpassen«, sagt er.

Als ich vier war, habe ich mir bei diesem Wort etwas vorgestellt wie Stolpern oder ein Glas, das nicht zu Boden fallen darf, und erst später in der Schule gemerkt, daß das Aufpassen auch eine andere Bedeutung haben kann. Sonderbar ist, wenn ich heute selber »Aufpassen« sage, ich sage es immer öfter, und dann meine ich wieder das Stolpern und die andern Fehler.

»Aufpassen«, sagt er, wenn ich zu rennen anfange.

Das kann ich verstehen. Das versteht sogar meine kleine Schwester, und die kann noch nicht mal richtig aufpassen. Aber Mühe gibt sie sich, das sieht man. Nur gibt es, wenn wir uns auf die Bank gesetzt haben, nichts aufzupassen. Was kann er meinen? Ich glaube nicht, daß er etwas sieht, was wir nicht sehen. Vielleicht weiß er etwas, was wir nicht wissen.

Man hörte kleine Worte, mit seiner Stimme zwar, aber nicht eigentlich gesprochen, mehr gedacht oder gestolpert, als wäre er allein. Dabei war er nicht allein. Er war praktisch nie allein, denke ich heute oft. Wir waren da. Wir gingen mit ihm. Wir saßen mit ihm auf dieser Bank, sahen ihm zu bei seinen halben Kreisen und hörten ihm zu bei seinen halben Worten. Kurze Worte, mit Hohlräumen, als warte er auf Echos. Oder die Worte selber waren die Echos, die Hohlräume, die Antworten auf all das, was nur er sah, wenn wir zu dritt auf der Bank saßen, und was er hörte, wenn wir Mädchen still blieben. Und still blieben wir öfter. Sehr genau erinnere ich mich an die Augenblicke, in denen plötzlich hörbar wurde, daß niemand sprach. Es war anders als sonst, wenn niemand etwas sagt. Unheimlich leere Stellen taten sich auf, durch die wir hindurchmußten wie durch lange Korridore. Dabei habe ich mit vier Jahren Korridore noch gar nicht gekannt. Das gab es erst später.

»Siehst du«, sagt meine Schwester. »Es ist alles nicht wahr. Er hat eine Lungenentzündung gehabt und ist gestorben, als wir noch zu klein waren. Du kannst dich überhaupt nicht erinnern«, sagt sie, »das denkst du bloß.«

Und ich erinnere mich doch.

Ich erinnere mich sogar an das, was er über seinen Krieg gesagt hat. Siebzigeinundsiebzig hieß der. Länger als ein ganzes Jahr hat er gedauert. Es hat auch einmal einen dreißigjährigen Krieg gegeben, aber das war eine andere Zeit. »Sedan«, hat Großvater gesagt, oder so ähnlich. Seine Pfeife angestarrt. Dann zuckt er. Steckt die Pfeife weg. Fast schüttelt er den Kopf. Ausnahmsweise hat er mir ins Gesicht gesehen und »Nie wieder« gesagt, zu mir, weil er will, daß die Menschen seitdem etwas dazugelernt haben. Das vergißt man nicht.

In den Geschichten gibt es Wölfe, Räuber, Teufel, Hexen und böse Stiefmütter. Bei uns nicht. Bei uns gibt es viel Arbeit. Aber das ist anders und läßt sich nicht vergleichen. Manchmal habe ich, als ich vier war, schon gearbeitet, meistens nicht. Großvater arbeitet nie. Ich glaube, ich sehe ihn weinen, wenn die andern arbeiten, aber das kann täuschen. Seine Augen sind alt und durchsichtig und vertragen den

Wind nicht. Und wenn der Wind sich gelegt hat, sitzt er mit uns im Altenheimpark und schaut in die Ferne, als versuchte er etwas heranzuholen, das zu weit weg ist, und zugleich abzuwehren, da es ihn, immer von neuem, bedrängt oder befragt. Manchmal, wenn er dasaß, hob er seine Hände von den Knien. Das tat er schnell, während alles andere langsam geschah, und es war dann, als hätte er lange Widerstand geleistet und müßte es nun doch tun, die Handflächen nach vorne strecken, keine große Bewegung, aber sehr dringlich und begleitet von einem kleinen Schütteln. Dann fiel ihm der Stock in den Sand.

Die Politik kommt auch aufs Land. Aber sie kommt nicht wie in den Geschichtsbüchern. Man hat mit dem Alltag soviel zu tun, daß eine Nachricht kaum den zähen, ländlichen Kalender des Notwendigen durchdringen kann und meistens bei den letzten Häusern am Stadtrand steckenbleibt. Das wird erst anders, wenn die amtlichen Mitteilungen ins Haus kommen. Der Briefträger weiß natürlich, was es ist. Er muß nur Post austragen, die lebenswichtig ist. Andere Post gibt es gar nicht auf dem Land. Plötzlich also, und plötzlich auch dann, wenn man schon eine Zeitlang vorher weiß, was kommen wird, kommt eine amtliche Mitteilung, für unseren Vater, und nie eine allein, es kommen mehr, denn es sind mehr Männer im Haus. Die vier jüngeren Brüder sind nicht alt genug, um Post zu bekommen. Ihre Jahrgänge werden erst im nächsten Krieg die Gelegenheit zum Töten oder zum Sterben oder zu beidem bekommen. Die beiden Ältesten mußten sofort weg. Sie waren blaß und schweigsam, obwohl uns noch heute erzählt wird, sie wären alle so begeistert gewesen.

Meine kleine Schwester durfte von da an in Vaters Bett schlafen. Und das will sie auch vergessen haben.

Dieser Krieg war nach einem Jahr noch nicht zu Ende, obwohl irgend jemand das versprochen hatte. Ab und zu kam Feldpost vom Vater und den großen Brüdern. Als nach zwei Jahren noch kein Ende abzusehen war, stellte ich mir vor, wie es wäre, wenn auch dieser Krieg dreißig Jahre dauern würde, wie Großvater es von früher erzählt hatte. Im dritten Jahr wurde ein Telegramm gebracht. Vater war im Lazarett, verwundet, sein Bein heilte langsam, seine Lungenentzündung heilte nicht. Von da an ging unser vierter Bruder jeden Tag zur Anschlagtafel. Im Altenheimpark hatten sie ein Büro für den Gemeindevorsteher eingerichtet, und am Tor wurden die amtlichen Mitteilungen angeschlagen, Siegesmeldungen und Listen. Ich ging mit ihm, über die Sandwege, vorbei an den Bänken, die unter den Bäumen standen, ich war ja schon sechs, wartete, wenn er die Gefallenenliste durchlas, und sagte kein Wort, bis er fertig war und wir wieder nach Hause gehen konnten. Wir brauchten gar nichts zu sagen. Die Art, wie wir gingen, war schon genug für unsere Mutter, die uns vor der Tür erwartete und sich, für heute erleichtert, die Haare aus dem Gesicht strich. Dann gingen wir miteinander hinein. Wenn die Schrift nicht so schwierig gewesen wäre, hätte ich bei dieser Gelegenheit lesen gelernt. So lernte ich es ein halbes Jahr später in der Schule. Ich lernte außerdem, daß es den Krieg, der dreißig Jahre gedauert hat, wirklich gegeben hatte. Was ich sonst darüber gelernt habe, weiß ich nicht. Ich bringe es wohl auch mit allem, was in den späteren Jahrzehnten über Krieg zu lernen war, durcheinander. »Aber das war eine andere Zeit«, hieß es auch in der Schule. Jetzt war jetzt, und alle wurden gebraucht. Andererseits, ich meine, was ging uns ein österreichischer Thronfolger an, wir wußten ja nicht einmal, daß es ihn gab. Heute wundert man sich, daß überhaupt Schule stattfand im Krieg. Aber es gab sie. Wie es ja auch im nächsten Krieg Schulen gab. Als ich in der Schule war, gingen wir nicht mehr zur Anschlagtafel. Unser Vater kam nach Hause, konnte nicht arbeiten, lag im Bett, saß in der Stube, saß auf der Bank im Hof. Es war still dort, nur Vögel sangen. Ein neues Schwein konnten wir nicht mehr durchbringen. Aber wir haben es überlebt. Als der Krieg zu Ende war, kamen die Brüder zurück, und alle arbeiteten wieder. Nur gewöhnliche Schuhe konnte unser Vater nie mehr anziehen.

Das sind alte Sachen. Was haben wir nicht seitdem alles

erlebt. Den andern Krieg. Und noch zweihundertfünfzig Kriege, anderswo, habe ich gehört. Oder waren es mehr? Ich will nur, daß meine Schwester zugibt, daß das mit dem Großvater wahr ist und daß ich mich erinnere. Ist es meine Schuld, wenn sie alles vergessen hat? Daß wir sonntags besonders sorgfältig gekämmt wurden und eine bessere Schleife ins Haar bekamen, das weiß sie noch. An Feiertagen durften wir unsere Haare offen tragen. So hieß das. Dabei war es kein Dürfen, sondern ein Müssen. Meine Schwester dagegen sagt, sie hätte diese Tage sehnlich erwartet und ihre Haare am liebsten immer offen getragen. Vielleicht sagt sie das nur, damit ich nicht recht habe. Für ihren Geschmack habe ich zu oft recht gehabt, und das tut nicht gut im Alter. Mir gibt es noch heute einen Stich ins Herz, wenn ich junge Frauen sehe, die soviel offenes Haar mit sich herumschleppen müssen, und ich wünschte, ich könnte ihnen ihre Mühe irgendwie erleichtern. Großvater nickte lange, wenn er unsere Sonntagsschleifen sah. Dann gingen wir nicht mit ihm in den Park. Sonntags waren die großen Brüder da.

An den andern Nachmittagen ging er mit uns. Aber er ging auch allein. Unsere Mutter sah es nicht gern, wenn er allein ging. Wenn er sich mittags ausgeruht hatte, bat sie ihn, auf uns aufzupassen. Mir kam das sonderbar vor. Sie wußte genau, daß wir selber auf uns aufpassen konnten. »Ein schöner Tag«, fügte sie hinzu, um ihm Mut zu machen. Kein Wind, ein bißchen Sonne. Und es waren wirklich schöne Tage. Ich glaubte damals allerdings, es wäre an uns, auf ihn aufzupassen. Später habe ich eingesehen, daß das Unsinn war. Es sind immer die Alten, welche auf die Kinder aufzupassen haben. Und doch, heute, wo ich noch älter bin als unser Großvater in jenem Sommer und mit mir selber rede, bin ich nicht mehr so sicher. »Brrr«, höre ich mich sagen, wenn niemand zuhört.

Ich weiß, daß ich mich darauf gefreut habe, daß wir zusammen weggingen. Ich weiß aber nicht warum. Ich habe darauf gewartet. Und während wir gegangen sind, habe ich weiter gewartet, auf den nächsten Schritt, immer den nächsten

Schritt, als könnte ein nächster Schritt aus allem herausführen, das nicht war, wie es sein sollte.

Damals war es meine kleine Schwester, die zu schnell rannte, die stolperte und umfiel und weinte. Heute bin ich soweit, daß ich auch »Aufpassen« sage. Zu mir selber sage ich es, und ich hoffe, daß es niemand hört. Ich will über die Straße gehen. Ich will auf einen Stuhl steigen. Ich gieße die Blumen auf dem Balkon. Ich versuche, nicht in die Tiefe zu sehen. Man muß dankbar sein. Und was sage ich? »Aufpassen.« Es ist zum Heulen. Alte Leute sollten nicht mit sich selber reden.

Mir war, als hätte er Angst, allein zu gehen. Ich weiß das so genau, weil ich mich darüber gewundert habe, so etwas überhaupt zu denken. Es paßte nicht zu dem, was ich über die Menschen wußte. Erwachsene haben keine Angst. Wovor sollte er wohl Angst haben? Alt, wie er war? Ich ging einen Schritt hinter ihm, über den Hof, ich sah seine Schritte, als hätte ich sie noch nie gesehen, und wußte in diesem Augenblick, an diesem Ort, während unser Schwein erwartungsvoll keuchte, daß er sich fürchtete, und die gleichzeitige Verwunderung über diesen Gedanken sagte mir, daß ich ihn nicht vergessen würde, wie man andere Gedanken vergißt.

Er war neunundsiebzig. Daran erinnere ich mich zwar nicht, aber nachher habe ich es oft genug gehört, um es mir zu merken. Sogar meine kleine Schwester, die alles bestreitet, gibt zu, daß er neunundsiebzig war. Er hat es nicht anders gewollt, wurde jedesmal hinzugefügt, wenn jemand sagte, er sei neunundsiebzig gewesen, und dann nicht mehr davon gesprochen, was ja nicht heißt, daß man nicht mehr daran denkt. Mir hat das immer genügt als Erklärung, obwohl es praktisch nichts erklärt und nur zeigt, von welchem Punkt an wir keine Erklärungen mehr kennen oder vertragen. Ich hatte diesen Satz im Ohr und habe ihn mir in all diesen Jahren immer wieder gesagt und tue das heute noch, und zu wissen, daß das nicht die ganze Wahrheit ist, ändert nichts daran.

Seit einem Jahr wohnte er bei uns. Nicht daß er krank war. Er konnte nur nicht mehr für sich selber sorgen. Immer gearbeitet hatte er, ein Leben lang, alles selbst gemacht, nachdem seine Frau gestorben war, immer gelächelt, sagt meine Mutter, ganz wie dein Vater, aber ich habe kein Lächeln gesehen. Oder doch? Gehört das zu den Dingen, an die ich mich nicht erinnere? Die muß es auch gegeben haben. Eines Tages soll er gebeten haben, daß wir ihn nicht mehr besuchten. »Haben wir ihn denn besucht?« Meine Mutter hat ja gesagt. Wir hatten ihn also besucht. Und er hatte uns besucht. Und als er Besuch nicht mehr wollte, haben sie ihn zu uns geholt, Vaters Vater. Im Sommer. Im Winter war er bei seiner Tochter in der Stadt gewesen. Jetzt bei uns. Nachts schlief er in seiner Kammer und ging an unsern Betten vorbei.

Manchmal sah ich sein Zögern im Dunkeln, Jahre später, denn er tauchte wieder auf in meinen Nächten, ein Bild ohne Ton, Jahr um Jahr, und ich wußte, daß das Erinnerung war, wirkliche Erinnerung. Sie wurde deutlicher, je häufiger sie wiederkehrte.

Manchmal sah ich Eis, graues Eis im immer gleichen Licht, immer im Traum, in vielen Nächten, er ging auf diesem Eis in diesem Traum, ohne Stock ging er, er wurde klein und noch kleiner, sogar dann noch, als er gar nicht mehr kleiner hätte werden können, und das Eis hielt. Und nun weiß ich nicht, ob das zu der Zeit war, als ich vier war, oder ob dieses Eis doch erst später gekommen ist.

Und manchmal ist mir, als könnte ich eine Hand auf dem Haar fühlen, die seine Hand gewesen sein muß, eine andere kommt nicht in Frage, aber ich erinnere mich nicht wirklich. Es ist etwas anderes als Erinnerung, es ist ungenauer, und es sitzt fester. Es ist so, daß mir immer erst Tränen hinter die Augen steigen, kurz, bevor ich das Gewicht auf dem Kopf fühle, eine Last, die nicht auf dem Kopf schwer ist, sondern innen, im Herzen. Dann horche ich, und alles ist still. Auch auf seinen Knien, denke ich, könnte ich gesessen haben, früher, als ich noch kleiner war, erinnere mich aber nicht, fühle nur, wenn ich daran denke, etwas wie Lachen in meinem Innern. Dann höre ich auch eine Stimme, die seine gewesen sein muß, jedoch nicht die, an die ich mich erinnere. Keine Hohlräume. Ich kann es nicht glauben, denn er ließ es nicht zu, daß man ihm auf den Schoß stieg, nicht in diesem Sommer, als er bei uns war.

Ich stelle den Fernseher nicht mehr an. Die Zeitung ist schon lange abbestellt. Wir hatten damals auch keine Zeitungen. Das Radio ist schwer auszuhalten. Die Musik gefällt mir selten, die Reklame ist eine Zumutung, die Unterhaltung verzichtet aufs Wesentliche, und Nachrichten will ich nicht. Mein Herz wird zu schnell davon. Da heißt es aufpassen.

Oft höre ich, wenn es still ist, das feine Scharren seines Stocks, mit dem er die Sandkörner auseinanderschob und Linien hinterließ. Noch leiser als sein Handstock waren die schwarzen und die grünen Käfer, die wegliefen, und unhörbar die Ameisen, die nicht wegliefen.

»Still«, sagt er zu uns auf der Bank. Horcht. Es gibt nichts zu horchen, und er tut es doch. Es gibt die Vögel, natürlich, ihr sommerliches Zwitschern, ihren Flügelschlag. Es gibt den Wind in den Büschen, ein Wagenrumpeln im Hintergrund, Männerstimmen, Zurufe für ferne Pferde. Aber das meint er nicht. Er hört auf anderes. »Brrr«, sagt er. Nicht zu den Pferden. Oder nicht zu diesen Pferden.

»Still«, sagt er, zu uns. Oder doch nicht zu uns?

Immer war Sommer.

Manchmal hat er gelacht, aber nicht dann, wenn ich lachen würde. Es war, als könnten wir uns nicht einigen, worüber wir lachen wollten und worüber nicht, und wenn wir doch einmal gleichzeitig gelacht haben, war ich nie sicher, ob es ihm ebensogut gefiel wie mir. Miteinander zu lachen schien ihm auf geheimnisvolle Weise unwillkommen oder unschicklich zu sein. So kam es, daß ich zwar gern wollte, daß er lachte, mich aber auch davor fürchtete. Ich schaute ihn vorsichtig an, meist nur von der Seite, und lachte nicht mehr.

Die Erinnerungen sind kurz. Nicht alle passen zusammen.

Oder sie passen doch, und ich weiß noch nicht, wie. Vielleicht lerne ich es bald.

Je älter ich werde, um so öfter erinnere ich mich. Man denkt etwas und wundert sich, daß man es denkt, und das ist die Erinnerung. Manchmal ist mir, als hätten neue Gedanken gar keinen Platz mehr in meinem Kopf. Sie fallen ab, und dann sind diese Nachmittage wieder da. Oder das Eis, das nicht wirklich da war, denn es war noch Sommer, mir aber im Traum so oft durch den Kopf gegangen ist, daß es zu einer Erinnerung wurde. Und vor allem immer wieder Wasser, das ich mir vorstelle, grau hingebreitet, leblos im seltenen Mondlicht, glattgezogen von der windstillen Nacht, und, wird es betreten, kaum sich kräuselnd. Einen Schritt um den andern habe ich mir vorgestellt in diesem Wasser und erinnere mich an die Stube, in der ich mir das vorgestellt habe, an das Geräusch der Türen, der Teller und Stimmen, während ich versuchte, mir das Flüstern des Wassers um seine Schritte vorzustellen. Oft wäre mir lieber, ich würde mich nicht erinnern.

Ich erinnere mich wohl auch nicht, jedenfalls nicht an dieses Geräusch. Was sollen wir bei einem sommerlich fließenden Fluß denn hören als dieses Fließen?

Es war ein warmer Tag, im Juli oder August, wir hatten unsere hellen Kleider an und die richtigen Schuhe, also ein Sonntag, ausnahmsweise ging er am Sonntag mit uns, und der Weg war sehr hell. Er zog seine Jacke enger um sich.

»Frierst du?«

Er friert nicht, sagt er. Im Krieg hat er gefroren.

»Krieg?« Wie soll ich sonst danach fragen.

Natürlich antwortet er nicht. Es gibt Fragen, auf die wird nicht geantwortet. Ich stellte mir vor, eines Tages groß zu sein und alle Fragen zu kennen, die, die beantwortet werden, und die andern. Ich stellte mir auch vor, daß ich sie dann auseinanderhalten konnte.

»Dabei war gar nicht Winter«, sagte er. »Zuerst nicht. Dann schon.«

Er blieb stehen, sagte: »Es sind zu viele Leute da«, und kehrte wieder um, nach Hause.

»Es ist niemand da«, sagte ich. »Nur wir«.

Wir gingen trotzdem nach Hause, ohne daß wir auf der Bank gesessen hätten.

So war es.

Und geraucht hat er nicht. Er wollte das wenige Geld nicht für Tabak ausgeben, um es dann in bloßen Rauch zu verwandeln. Dafür war es zu kostbar. Manchmal hatte er seine Pfeife im Mund, ohne sie zu rauchen, aber nicht im Park, vielmehr abends, einfach so zwischen den Zähnen. Das fiel nicht auf, weil er auch ohne sie wenig sprach.

Einmal ging er am Abend weg und kam nicht wieder nach Hause. Als wir ins Bett gingen, blieb Mutter in der Stube sitzen. Morgens schrie das Schwein auf dem Hof, er kam herein, sah halbtot aus und sagte, er sei auf die falsche Seite gegangen.

Auch beim nächstenmal blieb unsere Mutter in der Stube sitzen und horchte, bis sie unser Schwein in der Frühe hörte und Vaters Vater nach Hause kam. An dem Morgen, als er nicht kam, war sie nicht in der Stube. Sie arbeitete in der Küche. Sie wußte nicht, daß er gegangen war. Am Abend davor hatte er sich früher zu Bett gelegt als sonst, und am Morgen stand Mutter auf, klopfte wie immer an seine Tür, um zu sagen, daß sie jetzt das Feuer anmache, begann mit der Arbeit, ging, bevor der Herd brannte, noch einmal in seine Kammer zurück und sah, daß er nicht da war. Sie weckte die Brüder, ohne erst Feuer zu machen, und die großen Brüder gingen weg, alle vier, nur die beiden jüngeren blieben da. Es war schon hell an diesem Morgen. Stunden später kamen sie zurück, ohne ihn mitzubringen. Aber seine Pfeife legten sie aufs Fensterbrett. Gefunden haben sie ihn, als sie am Nachmittag noch einmal zusammen mit meinem Vater und einem Dutzend anderer Männer aus dem Dorf mit Wagen und Gerät hinausfuhren an den Fluß, der in diesen Sommertagen hell und undurchsichtig seiner Wege zog.

Die Trauerfeier fand drei Tage später statt. Sie war kaum zu

Ende, da hatten die Männer aus dem Dorf sich vor dem Gemeindebüro zu versammeln, um, nachdem alles richtig eingetragen war, nur mit dem Nötigsten ausgestattet, gefederte Wagen zu besteigen, die sie zur Eisenbahn und in den neuen Krieg bringen sollten.

Der Zigarettenanzünder

Ich werde Ihnen sagen, wie es war mit meinem Bruder. Ich bin die einzige, die es weiß.

Ja, warum er heute tot ist. Seine Frau glaubt, er hätte sich umgebracht, sagen Sie? Sie kennen also seine Frau. Glauben Sie mir, das würde er nie tun, sich umbringen. Sie ist ja auch schon lange nicht mehr seine Frau, nicht wahr? Ein Jammer, wenn Sie mich fragen. Bei der ersten Frau war es nicht schade drum. Die war eine Jugendtorheit, wie sie manchem passiert, aus nichts als Sehnsucht und Mangel an Erfahrung. Was er an der zweiten gefunden hat, weiß ich nicht. Aber es mußte ja unbedingt geheiratet werden. Ich habe diesen Fehler nie gemacht. Und immer gleich ein Kind. Ein Kind und aus. Mit Karin war das etwas ganz anderes. Kein Kind. Und trotzdem aus. Wissen Sie warum? Gut. Das ist jetzt nicht mehr wichtig.

Heute ist er ja tot. Oder gestern. Es ist alles viel schneller gegangen, als man denken konnte. Einer von denen, die irgendwann endlich soweit sind, daß sie das Rauchen aufgeben, und dann doch dran glauben müssen.

Er hat immer gesagt, ohne Zigaretten wird er zu dick, und wer zu dick ist, wird krank. Aber er hätte ja fast nicht mehr dicker werden können, oder? Na gut, das ist übertrieben. Für die Verdauung müßte er Zigaretten haben, hat er gesagt. Ein weitverbreiteter Irrtum. Heute weiß man das. Und als er den Irrtum einsah, war es zu spät. So geht es im Leben.

Vielleicht sollte man hier nicht reden? Ich kenne mich nicht aus mit solchen Orten. Wir haben sonst keine Todesfälle. Das liegt bei uns nicht in der Familie. Mutter ist gestorben, aber ein Todesfall war das nicht. Man mußte immer herumrennen und kam gar nicht dazu, sich einen Augenblick irgendwie ... Aber wenn es mit Vater zu Ende geht, vielleicht wird das ein

Todesfall? Ich glaube nicht. Im Heim sorgen sie ja für alles. Stricken dürfte man hier sicher nicht. Es ist ja auch etwas vom Furchtbarsten, was man überhaupt tun kann. Aber ich kann nicht anders. Man weiß gar nicht, wohin mit den Sachen. Ein Pullover dauert nicht so lange. Auch wenn man feines Garn nimmt oder schwierige Muster, eines Tages ist er fertig, und dann – wohin damit, nicht wahr? Jetzt wird es noch schlimmer, wo er nicht mehr ist. Andererseits gibt es soviel Unglück auf der Welt. Warum nicht für die Flüchtlinge etwas machen? Hab und Gut verlassen und nichts Warmes zum Anziehen, nicht wahr? Wie wir damals.

Haben Sie denn kein Fernsehen?

Ich will Ihnen sagen, warum er ohne Zigaretten nicht leben konnte, mein Bruder. Er hat zu früh angefangen. Das wußte man ja damals noch nicht. Wissen Sie, wie lange wir darauf gewartet haben, aus dem Lager rauszukommen? Jahre. Mutter, Vater und ich. Er nicht. Er hat nicht gewartet. Er kannte ja nichts anderes. Als wir in das Lager kamen, mußten wir ihn noch herumtragen. Aber ich war heilfroh, als wir endlich rauskonnten. Können Sie sich das vorstellen? Zwei Ehepaare mit Kindern in *einem* Raum, jahrelang? Die Mansarde war auch nicht viel größer, aber wir waren für uns. Erst nachher haben wir gemerkt, wie heiß es im Sommer wurde. Vorher kam ja der Winter, und da waren wir praktisch den ganzen Tag in Wolldecken eingewickelt. Unten in der Backstube war es immer warm. Aber die Wärme kam nicht bis zu uns rauf. An manchen Tagen hat Mutter den Eisenofen geheizt, aber Sie können sich gar nicht vorstellen, welche Angst sie hatte, es könnte ein Feuer geben. Einmal – einmal gab es wirklich ein Feuer. Aber das ist ja heute nicht mehr wichtig. Es ist nicht viel passiert. Bloß daß von da an der Hausbesitzer uns das Heizen verboten hat.

So ein Zimmer war damals schwer zu finden. Vater mußte lange suchen, bis er die Stelle beim Bäcker gefunden hat. Geld gab es praktisch keins, aber dafür durften wir auch wohnen. Das müssen Sie sich so vorstellen: mitten in der Nacht aufstehen und arbeiten und nachher den halben Tag schlafen. Irgendwann am Nachmittag kriegt er sein Frühstück, und dann kommt der Höhepunkt des Tages, seine Zigarette. Unser Jüngster hat ihm immer beim Drehen zugesehen. Darf ich auch mal? sagt er. Aber der Vater hat nur gelacht. Was Klaus durfte, war das Anzünden. Sie nicken? Dabei wissen Sie gar nicht, wovon ich rede. Wozu sollten wir unser weniges Geld für Streichhölzer ausgeben? Wo es doch unten in der Backstube ein offenes Feuer gab. Verstehen Sie? Nein, Sie verstehen nicht. Das denken Sie bloß. Also mein kleiner Bruder, schon ganze fünf Jahre alt, nimmt das Kunstwerk von einer väterlichen Zigarette, steigt damit die dunklen Treppen runter, und es dauert ziemlich lange, bis er wieder in der Tür steht. Meistens ist die Zigarette schon halb geraucht, wenn er wiederkommt. Unser Vater, ausgeschlafen und satt, gibt ihm einen erzieherischen Klaps. Manchmal sagt er: Früh krümmt sich, was ein Häkchen werden will.

So, jetzt wissen Sie, wie mein Bruder ans Rauchen gekommen ist.

Ich wollte das natürlich auch. Schließlich war ich schon so gut wie erwachsen. Wenn ich ihn auf der Treppe abfing, versuchte er die brennende Zigarette vor mir zu verstecken. Dann gab's ein ziemliches Gerangel. Leise natürlich. Es soll uns ja keiner hören. Irgendwann habe ich ihn soweit, und er läßt mich. Sie rauchen nicht? Dann wissen Sie nicht, wie das ist: ekelhaft. Ich nehme einen tiefen Zug, wie ich es bei den Männern gesehen habe. Ich fange an zu husten und huste so, daß ich mich nicht mehr beruhigen kann. Mutter weiß sofort, was los ist. Sie hat mir das Rauchen ein für allemal ausgetrieben. Eine deutsche Frau raucht nicht, hieß das damals. Aber Mutter hat das ganz anders gemacht.

In den unteren Etagen waren auch Zimmer vermietet. Nicht an solche Flüchtlinge wie wir. An richtige Offiziersfrauen. Mit Kindern natürlich.

Und endlich hatten wir auch ein Radio. Die Wände waren so dünn, daß wir uns nicht leisten konnten, irgendwas anderes einzustellen als den offiziellen Rundfunk. Aber auch da hörten sich die Nachrichten schon anders an als sonst, und alle wußten, daß es mit dem Krieg nicht mehr lange gehen konnte. Die Offziersfrauen aus der ersten und zweiten Etage wußten das am besten. Und eines Tages wußten es sogar ihre Kinder. Das war, als die ersten Männer kamen.

Aber das wollen Sie ja gar nicht wissen. Sie haben nach Klaus gefragt. Also Klaus.

Sie haben ja gesehen, wie er da nebenan liegt. So was von blaß. An früher hat mich das erinnert. Da war er manchmal so weiß. Wenn er nicht grade rot wurde. Später nicht mehr. Später hat ihm niemand mehr was angesehen.

Seine Freundin wollen Sie gewesen sein? Das hätte ich doch wissen müssen. Aber wie Sie meinen. Mir kann es ja gleich sein.

Verlobt, sagen Sie?

Verlobt war ich auch mal, und zwar lange, aber wir konnten uns nicht einig werden wegen der Kinder. Sonst hat alles harmoniert. Aber er wollte unbedingt Kinder. Mindestens vier. Er war ganz scharf auf Kinder. Nicht bei mir, habe ich gesagt. In meinen vier Wänden. Ich heirate gern, aber Kinder kommen mir nicht ins Haus. Damit war die Verlobung zu Ende. Nach vier Jahren.

Ich bin gern allein geblieben. Das glauben Sie nicht? Wie Sie wollen.

Die Leute im Haus hatten jedenfalls alle Kinder, und was haben die den lieben langen Tag gespielt? Krieg. Was sonst. Echte Offizierskinder. Schule gab es ja keine. Wieso eigentlich nicht? Viele waren noch kleiner als unserer. Wäre ich nicht selbst dabeigewesen, ich würde es nicht glauben, wie das damals war. Er war noch keine sechs. Mit den Größeren wollte er nicht spielen. Das heißt, die wollten nicht mit ihm spielen. Fettsack haben sie ihn gerufen. Und zu mir haben sie gesagt: Süße! Komm mal rüber, Süße!

Ich sage: Ich bin nicht deine Süße. Und so weiter. Sie kennen das sicher.

Darum war mein Bruder ziemlich allein, das heißt, er wäre allein gewesen, wenn er mich nicht gehabt hätte.

Eine Zeitlang hatte ich so eine Idee im Kopf. Nein, mit den andern Kindern hatte das nichts zu tun. Ich habe mir vorgestellt, wir wären Hänsel und Gretel, und ich müßte meinen Bruder befreien. Eine Hexe hatten wir nicht. Aber wir hatten ja den Bäckermeister, und ein Ofenloch hatten wir auch.

Das machst du nicht noch mal, keifte er auf der Treppe, als ich mich eines Tages hinter einem Vorhang versteckt habe und auf einen günstigen Moment gewartet, wo ich handeln konnte. Aber das Ofenloch war viel zu klein für einen ausgewachsenen Mann.

Nein, das ist nicht zum Lachen. Es stimmt. Ich war schon zwölf und viel zu alt für solche Dummheiten. Aber was unsereins über die Vergangenheit weiß, ist so wenig, daß man sie schon mal für ein Märchen halten könnte. Und umgekehrt.

Wo ist der Unterschied, frage ich Sie. Sehen Sie, Sie wissen es nicht. *Sie* wissen vieles nicht. Wahrscheinlich wissen Sie auch nicht, warum er dick geworden ist. Das lag auch an den verdammten Zigaretten, die unser Vater nach dem Frühstück rauchen wollte. Meistens hat es unbeschreiblich lange gedauert, bis der Kleine von unten wieder raufkam. Mit einer halbgerauchten Zigarette, das habe ich schon gesagt.

Ich möchte mal wissen, was der Bengel die ganze Zeit treibt, sagt Vater. Aber wenn der Bengel schließlich kommt, läßt er ihn in Ruhe, weil ein Kind es sowieso schon schwer genug hat in solchen Zeiten.

Ich wollte auch gern wissen, warum er so lange gebraucht hat. Ich wollte es wirklich wissen. Eines Tages ging ich nachsehen. Mit vollen Backen kauend kommt er aus der Backstube.

So ist das also, sage ich.

Ja, sagt er. So ist das also.

Gib mir was ab, sage ich auf der Treppe.

Nein, sagt er.

Warum nicht?

Darum nicht.

Aber als ich mir einfach ein Stück nahm, ließ er mich essen.

Du hast es nicht verdient, sagt er beim Hinaufsteigen.

So war das. Verstehen Sie? Zuerst war er nämlich dünn wie alle Kinder. Aber unten durfte er sich vollfressen. Er wurde dick und ist nie wieder dünn geworden. Andere werden ja vom Rauchen dünn. Er nicht.

Ich muß Ihnen aber doch noch von den Offizieren erzählen. Es ist wichtig. Kein Mensch wußte, wie die sich bis zu unserm Dorf durchschlagen konnten. Seit Wochen nicht rasiert. Von den Uniformen alles abgerissen, was mal daraufgenäht gewesen war. Nichts Standesgemäßes war mehr dran an ihnen. Immer auf der Flucht vor den Russen, stundenlang durch die Ostsee geschwommen, jede Nacht zu Fuß, selten mal ein Güterzug. Mehr weiß ich auch nicht. Aber ich sehe sie noch vor mir. Die Uniformen starren vor Dreck, nirgends Knöpfe dran, überall hängen abgerissene Fäden, die Hemden stehen offen. Und nun kommt das Beste: Kaum fühlen sie sich mit ihren Familien vereinigt, kaum sind sie rasiert, kaum haben sie sich gründlich ausgeschlafen, da kann man sehen, daß diese heruntergekommenen Herrschaften Landkarten ausbreiten und überlegen, wie sie Widerstand leisten wollen, wenn die Amerikaner kommen. Und die können jetzt jeden Tag kommen. Widerstand leisten! So etwas läßt sich vor den Frauen natürlich nicht geheimhalten. Und was passiert? Von einem Tag auf den andern ist zum Beispiel keine Rasierseife mehr da, weil die Frauen behaupten, die würde für die Kinderwäsche gebraucht. Den Männern wachsen wieder Bärte, und sie hocken trotzdem zusammen und brüten über ihren Plänen.

Aber wenn Frauen etwas nicht wollen, dann fällt ihnen auch was ein. Sie sind auf einmal zu beschäftigt, um die Uniformen wiederherzurichten. Es ist auch plötzlich kein Garn mehr im Hause. Kein Knopf zu finden. Die Offiziere zucken bloß die Achseln.

Was soll der Blödsinn? sagen die Frauen nachts zu ihren

Männern. Sie drohen mit Streik wie bei den alten Griechen. Sie wollen auch nicht mehr kochen. Aber denken Sie, es macht einem Mann, der Widerstand leisten will, Eindruck, wenn er nichts zu essen bekommt? Keineswegs. Die Frauen drohen, mit den Kindern wegzugehn. Du wirst mich nie wiedersehen, sagen sie. Und wen willst du dann verteidigen? Es hat nichts genützt.

Kann man hier nicht das Fenster aufmachen? Ich ersticke. Blutdruck? Nein, keine Angst, mein Blutdruck ist in Ordnung. Bestens ist der. Es ist wegen der Blumendekoration. Mir wird schlecht davon. Hier drin riecht es, als hätten sie künstliches Frühlingsaroma über die Blumen gegossen. Können Sie das aushalten? Sehen Sie. Wissen Sie, wie es in einer Backstube riecht? Ich weiß schon. Zuerst kann man gar nicht genug bekommen. Besonders wenn man Hunger hat. Und schön warm ist es ja auch. Aber dann kommt der Moment, wo dieser süßliche Bäckereigeruch nur noch zum Kotzen ist.

Der Mann hat ihm den Mund zugehalten, glaube ich. Von hinten. Genau konnte ich es nicht sehen, aber soviel habe ich erkannt, weil er seinen weißen Kittel anhatte. Es war ja auch ziemlich dunkel in der Ecke. Ich saß auf der Fensterbank hinter dem Vorhang und hab versucht, durch eine Ritze zu gucken, weil ich mehr wissen mußte. Vor lauter Herzklopfen habe ich keinen Ton gehört. Oder es war wirklich so still. Auf einem Stuhl mußte er stehen, glaube ich, und der hat geknarrt. Lange. Es war ein alter Stuhl. Es gab ja nur alte Stühle.

Warum beißt er ihn nicht, dachte ich. Sonst beißt er nämlich, mein kleiner Bruder. Wenn ihm etwas nicht paßt, beißt er. Damals, meine ich. Also habe ich zu ihm gesagt, nachher, im Treppenhaus: Warum hast du ihn nicht gebissen?

Er starrt mich an, als hätte ich überhaupt nichts begriffen, und sagt: Bist du verrückt?

Gib mir was ab, sage ich im Gehen.

Nein, sagt er.

Wir setzen uns zusammen auf die Stufen und fressen.

Auf einmal sagt er: Jetzt hab ich die Zigarette vergessen. Er springt auf, kreideweiß vor Schreck.

Alles nur deinetwegen.

Er ist noch mal nach unten gerannt. Ich bleibe auf der dunklen Treppe sitzen und warte. Und ich muß ziemlich lange warten.

Komm schon, komm schon, nun komm doch endlich, flüstere ich im Dunkeln vor mich hin. Der Vater wird dich grün und blau hauen. Und nun wollen Sie wissen, ob er es getan hat? Er hat es getan, jawohl. Aber er hat mehr so getan als ob. Unser Vater hielt nichts von Tätlichkeiten. Er hatte seine eigenen Sorgen. Und das war ja auch nichts Besonderes damals.

Ich will weg hier, sage ich abends zu Mutter.

Er sitzt dabei und sagt kein Wort. Klaus.

Wo sollen wir denn hin, sagt sie.

Du weißt doch sonst immer alles?

Wenn du wüßtest, sagt meine Mutter an diesem Abend.

Warum wollen Sie das alles noch wissen? Es ist nun mal passiert. Kein Grund, so lange davon zu reden. Es sind noch ganz andere Sachen passiert. Das können Sie mir glauben.

Und dann folgendes: unten in den beiden herrschaftlichen Etagen gab es Unruhe. Sie werden nicht glauben, was die Ursache war. Am Ende dieses selben Abends sind alle Männer in den ersten Stock gezogen. Und die Frauen haben sich mit den Kindern im zweiten Stock eingerichtet. Wollen Sie wissen, warum? Die Offiziere haben erklärt, das wäre sicherer so. Schließlich konnten die Amerikaner jeden Augenblick dasein. In Wahrheit war das eine Idee der Frauen. Sie hatten den Männern eingeredet, es würde ihren vaterländischen Absichten besser dienen, wenn sie nicht durch Familienleben von ihren Pflichten abgelenkt würden. Wie in der Kaserne, verstehen Sie? Von da an ging alles drunter und drüber. Stellen Sie sich mal vor, wie das Privatleben unter solchen Umständen verläuft. Sie sagen es. Überhaupt nicht. Die Männer haben versucht, ihre Frauen zu Fahrradausflügen, zu Spaziergängen oder aufs Klo zu locken. Aber das Klo war auf dem

Hof. Und die Frauen waren sich darüber einig geworden, daß sie für Ausflüge keine Zeit hatten, bis die Männer wieder zur Vernunft gekommen waren. Außerdem läßt eine deutsche Frau ihre minderjährigen Kinder nicht allein.

Trotzdem waren am Waldrand ab und zu Fahrräder zu sehen, zu zweit hingeworfen. Sie wissen schon, was ich meine. Man kann ja auch andere Frauen fragen. Die ganze Zeit gab es solche Dinge zu sehen. Aber ich wußte nie ganz sicher, wer mit wem im Wald war, weil ich nicht alle Fahrräder kannte. Und die dachten, ich weiß überhaupt nicht, was los ist. Ich wußte von allem viel mehr als die Alten. Die hatten ja dauernd mit Besorgungen zu tun und mit Überleben. Und ich hatte sowieso nur eins im Kopf, und das waren Männer, auch wenn sie erst vierzehn waren.

Aber Schluß damit. Von Klaus soll ich erzählen. Sie wollen ja seine Freundin gewesen sein. Wenn Sie sich da nur nicht irren.

Jetzt wissen Sie, warum er dick geworden ist, oder? Ich kann nichts dafür, hat er immer gesagt. Zu Ihnen auch? Sehen Sie. Mit sechs konnte der schon jede Menge Ausreden erfinden.

Was treibst du bloß die ganze Zeit? sagt nachmittags unser Vater, wenn er wieder mal viel zu lange warten muß auf seine Zigarette. Das nächste Mal beeilst du dich. Ich habe es auch ohne dich schon schwer genug.

Und unser Kind sagt: Der Bäcker war nicht da. Er hat zugesperrt. Ich mußte ihn suchen. Oder irgendwas in dieser Art. *Er* konnte jedenfalls nichts dafür. Und das ist geblieben. Sein Leben lang hat er so weitergeredet. Geglaubt hat er es trotzdem nicht, würde ich sagen. Jetzt können wir ihn nicht mehr fragen. An seinem letzten Tag hat er noch gesagt, daß er nichts dafür kann. Hätten Sie das gedacht? Letzte Worte.

Eine Zahnlücke hatte der Mann. Im Dunkeln war das gut zu erkennen. Seine Augen waren auch zu sehen, die starrten nach oben, obwohl sie fast zu waren. Aber der Mund war offen. Das habe ich heute noch vor Augen. Und bis heute wird mir schlecht, wenn ich so etwas sehe. Ich weiß, daß es Unsinn ist. Aber Männer mit Zahnlücken, die könnte ich anspucken. Umbringen könnte ich die. Das sage ich Ihnen jetzt. Aber ich tu's natürlich nicht. Das wäre ja noch schöner. Aber wissen Sie, das sitzt tief in mir drin, und das kriege ich nicht mehr raus.

Er hat ihn richtiggehend gemästet. Es war wie im Märchen. Wir waren alle nur noch Haut und Knochen. Bloß er nicht. Und kein Mensch konnte begreifen, warum nicht. Es war einfach so. Ich glaube, sie hätten ihn gleich totgeschlagen, wenn sie es gewußt hätten. Alle haben ihn für krank gehalten. Etwas mit den Drüsen hat das Kind, sagten sie. Aber ich sage Ihnen, der hatte nichts mit den Drüsen.

Der Mann hatte uns in der Hand. Nicht nur wegen des Zimmers. Er hätte uns verraten können, und das wäre schlimmer gewesen, als ein Zimmer zu verlieren. Aber kein Mensch hat damals gewußt, daß alles von meinem kleinen Bruder abhing.

Bloß ich hab gewußt, was los war.

Vor dem Einschlafen, wenn die Eltern noch zu ihrem Abendspaziergang weg waren, haben wir uns Geschichten erzählt. Obwohl er für seine fünf Jahre ganz schön erwachsen war, wollte er bloß Hänsel und Gretel hören. Ich wünschte, ich hätte nie davon angefangen.

Hör auf mit dem Unsinn, habe ich gesagt. Das Ofenloch ist zu klein. Da kriegst du den nie rein!

Macht nichts, hat er gesagt. Es geht bestimmt. Mit Gewalt geht es.

Ich dachte, der spinnt. Aber er hat nicht aufgehört. Und dann hat er auch den Eltern davon erzählt. Jede Menge phantastisches Zeug, wie der Bäcker in seinem eigenen Feuerloch verbrannt ist und so.

Ganz allein hab ich ihn reingeschoben! sagt der Kleine.

Der ist noch stolz auf diesen Unsinn, sagt sein Erzeuger.

Von da an meint man den Bäcker vor unserm Kind beschützen zu müssen. Der liebe gute Mann und das böse Kind und so weiter. Schon allein damit er uns nicht vor die Tür setzt, oder? Wo hätten wir denn auch hinsollen.

Darf ich deine Zigarette drehen, Papa? sagt mein Bruder.

Er darf nicht. Um Zigaretten zu drehen, muß man erst beweisen, daß man zuverlässig ist. Und das kann man am besten, wenn man das Anzünden ordentlich besorgt, nicht wahr? Der Vater schickt ihn also runter mit den Worten: Nun mal los. Aber beeil dich.

Ja, sagt er dann jedesmal, ich beeil mich. Bestimmt.

Manchmal kommt er zurück ohne das Feuer und sagt: Er kann jetzt nicht.

Was soll das heißen, er kann jetzt nicht, sagt unser Vater.

Er hat es so gesagt. Ich weiß nicht, was das heißen soll.

Was bist du nur für ein Kind. Muß ich selber gehn?

Ja, sagt mein Bruder.

Bist du überhaupt ein richtiger Junge?

Nachher, draußen, wenn die andern nicht mit uns spielen, sagt er zu mir: Du hast es gut. Ich wollte, ich wäre ein Mädchen. Dann würden sie mich in Ruhe lassen.

Ich strecke ihm die Zunge raus und sage: Hast du eine Ahnung.

Selber keine Ahnung, sagt er.

Sind Sie gern ein Mädchen gewesen? Ich nicht. Ich fand das furchtbar. Die Jungen sitzen auf der Mauer. Und wenn man vorbeigeht, fangen sie an zu pfeifen und rufen: Komm mal rüber, Süße. Besonders der eine.

Ich bin nicht deine Süße.

Dabei wäre ich nichts lieber gewesen als seine Süße. Noch ein Jahr, nachdem wir endlich weg waren, hab ich davon geträumt. Nein, nicht nachts. Den lieben langen Tag. Kennen Sie das? Natürlich kennen Sie das. Wer kennt das nicht. Und natürlich hab ich ihn nie wiedergesehen. So geht es im Leben. Vielleicht wäre alles anders gekommen. Es gibt ja Leute, die an Liebe glauben.

Er hat Sie leidenschaftlich geliebt? Was Sie nicht sagen. Nein, ehrlich, und das können Sie mir glauben, mein Bruder hat niemanden leidenschaftlich geliebt, auch Sie nicht, das ist vollkommen ausgeschlossen. Der nicht. Das bilden Sie sich ein.

Und umgebracht hat er sich? Da müssen Sie keine Angst haben. Warum sollte er sich wohl umbringen? Wissen Sie das? Nein, Sie wissen es nicht. Sehen Sie? Sie können es gar nicht wissen. Aber ich weiß es. Trotzdem hat er sich nicht umgebracht. All die Jahre nicht und gestern schon lange nicht. Über Lungenkrebs sollten Sie wirklich Bescheid wissen, wenn er Sie so leidenschaftlich geliebt hat.

Ach so, Sie meinen das nicht wörtlich. Mehr indirekt meinen Sie das. Das ist wohl wahr. Man kann sich auch indirekt umbringen. Das kann man gut. Sie sagen es ja selber.

Sie sind bei ihm gewesen? Drüben? Sie haben ihn gesehen? Dann ist es ja gut. Wie ein Kind. Und das mit fünfzig. Tiefgekühlt in seiner Schublade. Entschuldigen Sie, daß ich lache. Nicht wegen der Schublade. Man zieht sie auf, er sieht sowieso nichts mehr, man schiebt sie wieder rein, und weg ist er. Nein, das ist es nicht.

Kälte-Technik war immer sein Traum. Hat er das erzählt? Lokomotivführer wollte er nie werden, die Kessel, die wurden ja damals mit Kohle geheizt, das wissen Sie sicher nicht mehr, Sie sind ja noch jung. So was kam für ihn nicht in Frage. Nur Kälte kam in Frage. Tiefkühltechnologie hieß das später. Das hat ihn interessiert, schon als Kind. Eigentlich hätte er das Zeug gehabt zu einer großen Karriere. Aber daraus ist ja nun nichts geworden.

Fünfundvierzig, im Mai, ziemlich heiße Tage, auf einmal ist es so weit: der Wachhabende sieht die Amerikaner kommen. Der Feldstecher wird herumgereicht. Und wir sehen alle genau zu, wie sie sich in Serpentinen über die Berge schlängeln. Viele waren das. Unsere acht Mann schreckt das nicht. Sie halten sich bereit für die Abwehr. Auch als allen klar wurde, daß unser Dorf kampflos umgangen worden war, hielten die sich noch bereit. In einem Krieg ist die Situation ja selten so klar, wie sie für den Laien aussieht.

Ich fand das gar nicht so interessant, wie die Erwachsenen

dachten. Mich beschäftigte eine ganz andere Sache. Etwas stimmte nicht mit zwei Fahrrädern, die ich neben dem Weg hatte liegen sehen. Es war da, wo wir immer Pilze suchen. Mir blieb die Luft weg, und ich wußte nicht warum. Erst als ich wieder zu Hause war, in unserm Zimmer, erkannte ich plötzlich das Herrenrad. Es war mir vertraut, wie einem die Schuhe vom letzten Jahr vertraut sind. Meinem Vater gehörte es, oder sagen wir lieber: uns. Ich hatte darauf radfahren gelernt. Heute können Kinder das ja nicht mehr. Aber wir hatten nur dieses eine. Das Damenfahrrad daneben, das hatte ich noch nie irgendwo gesehen. Es hatte ein paar glänzende neue Speichen am Vorderrad. Ich habe mich nachher unauffällig auf die Suche gemacht, aber vor Schreck hatte ich nicht genau genug hingesehen, um es wiederzufinden. Nichts zu machen. Also habe ich Mutter gefragt.

Hat jemand unser Rad ausgeliehen?

Nein.

An diesem Punkt hab ich mit Fragen aufgehört. Wenn man zuviel fragt, kommt man der Wahrheit nicht näher. Auch nicht, wenn man Wahrheit und Lügen noch auseinanderhalten kann.

Nimm Rücksicht auf deinen Vater, sagt sie eine Woche später.

Das war der Tag, an dem bei mir Blut herauskam. Ich erschrak bis auf die Knochen und konnte es mir nicht erklären, auch dann nicht, als mir einfiel, daß sich schon seit Tagen braune Krusten gebildet hatten.

Warum? sage ich.

Das ist normal, sagt Mutter.

Wie kann denn etwas normal sein, was zum erstenmal passiert?

Sie sagt, ich sei nun wie die andern Frauen. So würde es in Zukunft alle vier Wochen gehen, das machte nichts, und ich müßte nur aufpassen, daß ich kein Kind bekäme.

Ja, habe ich gesagt. Jahrelang hat mich die Frage beschäftigt, wie man aufpaßt, daß man kein Kind bekommt.

Denken Sie nicht, daß ich alt bin. Bloß weil alte Leute von früher erzählen. Drüben liegt mein eisgekühlter Bruder, und ich erzähle von früher. Das ist ganz normal. Darum bin ich nicht alt. Das ist alles auch gar nicht so lange her, wie Sie glauben. Ich habe selbst lange an die Vergangenheit geglaubt, ich meine daran, daß sie vergangen ist. Wissen Sie, wie falsch das ist? Die Vergangenheit ist weit davon enternt, Vergangenheit zu sein, sie passiert jeden Tag. Jetzt, in diesem Augenblick, wo wir hier auf diesen fürchterlichen Sesseln sitzen und reden, passiert es. Irgendwo. Und denken Sie nicht, daß die Zukunft anders sein wird, bloß weil wir sie noch nicht gesehen haben. Den Gefallen wird sie uns nicht tun.

Sechs war er. Ein kluges Kind, bloß daß man es nicht sehen konnte damals. Immer ein kluges Kind. Bis heute. Ich meine, bis gestern. Und Sie wollen ihn also gekannt haben. Geliebt, sagen Sie? Ach du meine Güte. Aber wie Sie meinen.

Lange Zeit wußte er nicht, was aus dem Samen in seinem Körper werden sollte. Er war ja voll davon. Er hatte gehört, daß die kleinen Kinder aus dem Samen eines Mannes wachsen. Nachgefragt hat er nicht. Als Kind ist man ja froh, wenn man überhaupt etwas zu hören bekommt, und wird nicht alles dadurch verderben, daß man dumme Fragen stellt.

Seitdem hat er sich gefürchtet. Hat seinen Körper beobachtet. Er erschrak über die kleinsten Veränderungen und wäre am liebsten gar nicht mehr größer geworden, als er damals war. Wann er mir das erzählt hat? Das braucht er mir nicht zu erzählen. Mir nicht. Als Schwester weiß man das. Man hat ja seine Verantwortung, oder? Gut.

Jedes Kind weiß ja, daß Samen unter Umständen lange im Boden liegen können, bis sie sich eines Tages zum Keimen entschließen und wachsen. Das war ihm klar. Und weil außerdem klar war, daß Kinder keine Kinder bekommen, war die logische Antwort auf seine Fragen die, daß das mit der Fortpflanzung erst später losgeht. Darum sah er mit Entsetzen dem Augenblick entgegen, wo er erwachsen sein würde und alles ans Licht kam.

Ach, hätte er doch mich gefragt, der dumme Junge. Ich war schon zwölf und wußte alles. Fast alles. Aber nein, er hat es für sich behalten, und ich habe es erst Jahre später herausgefunden.

Wir wohnten längst anderswo, in einer Stadt, wo es einen Fluß gab. Wie haben uns die Eltern vor seinen Strömungen und Strudeln gewarnt! Aber wir waren wild auf die Strömung und sicher, mit den Strudeln fertig zu werden. Wir haben das geübt. Bloß er nicht. Der dumme Junge hat sich sogar geweigert, schwimmen zu lernen. Er wollte auch nicht radfahren lernen. Am liebsten wollte er gar nichts lernen. Heute kommt es mir vor, als hätte er sich Mühe gegeben, alles gleich wieder zu vergessen, was er ganz aus Versehen trotzdem gelernt hatte.

Erstaunlich klein war er geblieben. Zuerst fiel es gar nicht auf, weil er am Anfang groß war für sein Alter. Außerdem hatten alle damit zu tun, das nötigste zu besorgen, ich meine alles, was man zum Essen, zum Heizen, zum Anziehen und zum Tauschen brauchen konnte. Vor allem zum Tauschen. Aber eines Tages fingen wir doch an, uns Sorgen zu machen. »Mairegen macht, daß man größer wird, größer wird ...« Kennen Sie das noch? Wir reden ihm also ein, daß man vom Schwimmen größer wird. Aber damit konnten wir ihn schon gar nicht in den Fluß locken. Dabei war ich doch für ihn mitverantwortlich, nicht wahr, weil er mein kleiner Bruder war. Er war so ängstlich, wie man es bei einem Jungen selten sieht. Trotzdem ist er eines Tages von einem überhängenden Baum ins Wasser gesprungen. Sie denken vielleicht, er wollte uns Größeren damit imponieren. Das glaube ich nicht. Er ist nämlich gesprungen, als niemand in der Nähe war. Keine Zuschauer, wenn Sie wissen, was ich meine.

Ich wollte ausprobieren, ob ich es kann, hat er gesagt, nachdem ihn die Wunder der Strömungen ans Ufer gespült hatten, statt ihn umzubringen.

Und? Kannst du es?

Das siehst du ja.

Nach ein paar Jahren wurde er dann doch größer. Von da an hatte er Unfälle. Hat er Ihnen das erzählt, wenn Sie seine Verlobte waren? Also nicht. Dann wissen Sie es jetzt.

Warum muß es immer uns treffen, sagt unsere Mutter.

Er hat es überlebt. Jedesmal.

Aber die Geschichte von den tropischen Spinnen, die kennen Sie? Es muß irgendwo im Süden eine Sorte geben, die ihre Eier unter die menschliche Haut legt, wo sie sich langsam entwickeln, wenn man längst von der Reise zurück ist, bis plötzlich nach Jahren irgendwo in der Haut eine Pustel zu wachsen anfängt und weiterwächst und platzt und tropische Erinnerungen herauskriechen. Hunderte oder Tausende von jungen Spinnen. Heute glaubt ja niemand mehr an diese Geschichten, aber als wir das zum erstenmal hörten, waren wir ziemlich erschrocken. Und ungefähr so muß sich der dumme Junge das vorgestellt haben, was mit den männlichen Samen passiert, wenn sie im Körper abgelegt sind. Man macht sich heute überhaupt keine Vorstellung, wie dumm ein Kind sein kann.

Ich glaube, ich muß gehen.

Sagen Sie, waren Sie das, die ihm den Pullover gestrickt hat? Den letzten? Das habe ich mir gedacht. Er hatte immer Freundinnen, die Pullover gestrickt haben, und er hat keinen davon ausgetragen, weil kein Mensch so viele Pullover tragen kann. Er hat auch keinen weggeworfen. Sie wissen wahrscheinlich, wie viele Pullover er hatte. Nicht daß Sie was Falsches denken: es waren ein paar Frauen dabei, die ziemlich viel gestrickt haben. Ich habe mich nur gewundert, warum Sie Weiß genommen haben. Aber das ist nun wohl auch gleich.

Ich muß gehen.

Aber warten Sie, etwas müssen Sie noch wissen. Es ist wegen diesem Mann, dem Bäcker, den kennen Sie ja jetzt. Eines schönen Tages war es mit dem Krieg wirklich vorbei, auch für die letzten, und alle, die nicht ins Dorf gehörten, haben sich auf den Weg gemacht. Anderswohin.

Der Mann fing wahrhaftig an zu weinen, als wir mit unsern

Koffern vor der Haustür standen. Unser Vater war zum Schuppen rüber, um die Fahrräder zu holen. Nie habe ich vergessen, wie es aussah, als Tränen aus diesen Augen fielen. Halb offen waren sie, wie damals. Sein Gesicht war irgendwie rot. Und nie wieder habe ich einen Mann gesehen, der seine Trauer sowenig beherrschen konnte. Ich war noch dreizehn und wußte auf einmal – daß Liebe die Ursache war. Mir wurde schlecht. Der Mann, den ich liebte, war inzwischen fünfzehn. Er saß auf dem Rest der Stallmauer, der von dem Tieffliegerangriff übriggeblieben war. Er klopfte mit den Füßen gegen die bröckelnden Steine und sah uns beim Fortgehen zu. Den Staub sehe ich heute noch vor mir. Ich zog eine Grimasse, damit er nicht dachte, daß ich traurig war.

Warum erzähle ich Ihnen das. Das ist doch klar. Es geht um meinen Bruder nebenan in seiner Schublade. Sie haben ihn ja gesehen. Ganz fremd ist er Ihnen vorgekommen, sagen Sie. Das wundert mich nicht, junge Frau. Fremd. Mir nicht. *Ich* habe alles wiedererkannt. Es sind ja immer die ganz frühen Gesichter, die so fremd aussehen, wenn sie wieder an die Oberfläche kommen. Und Sie sind damals nicht dabeigewesen. Da können Sie froh sein, junge Frau.

Haben Sie ihn auch angefaßt? Natürlich nicht. Man möchte sich die Erinnerungen nicht verderben, nicht wahr. Da haben Sie aber Glück, daß Sie mich treffen. An meinen Erinnerungen ist nicht viel zu verderben.

Unser Gepäck wollten wir auf geborgte Fahrräder laden und zum Bahnhof schieben. Als wir soweit waren und los wollten, lehnte der Arbeitgeber und Hausbesitzer und Bewunderer meines kleinen Bruders noch an der Wand und sah zu. Sauber. Weiß angezogen wie immer. Die Augen halb zu wie immer. Tränenreste. Auf einmal sagt er: Warten Sie einen Augenblick. Er ging ins Nachbarhaus.

Hört nicht auf den, sage ich. Aber niemand hört auf mich.

Ich hatte eine Ahnung, was er wollte. Die Nachbarn fragen, ob er sich den Braunen und den Karren ausborgen konnte. Den Zweirädrigen. Und er konnte. So kam es, daß er unsere

Sachen zum Bahnhof fuhr. Damit hatte niemand gerechnet. Alle waren gerührt. Wir gingen hinterher. Nur mein kleiner Bruder durfte mitfahren.

Ich will lieber laufen, sagt er. Ich will lieber laufen.

Bitte, hat unsere Mutter gesagt, er ist noch so klein. Nur einmal, bei ihr genügt das. So hat sie erreicht, daß er fahren durfte. Wir wurden oft um unsere Mutter beneidet. Wenn diese Frau etwas will, dann erreicht sie es auch, sagten die Leute. Die Leute hatten keine Ahnung.

Der Karren rumpelte ganz unbeschreiblich. Mein kleiner Bruder durfte dem Bäcker auf dem Schoß sitzen, damit er nicht runterfiel. Er wurde auch gut festgehalten. Mir wurde noch schlechter. Er sah weiß aus wie ein Porzellanteller mit seinen roten Haaren. Je länger wir gingen, um so schlechter wurde mir. Beim Warten auf dem heißen Bahnsteig hörte es auch nicht auf, und als dann das Rütteln des Zuges dazukam, wußte ich nicht mehr ein und aus. Er sah immer noch weiß aus. Wissen Sie, was ich immerzu vor mich hingemurmelt habe? Ich will nach Hause. Das tut man wohl, wenn einem schlecht ist. Ich will nach Hause. Ich will nach Hause. Dabei wußte ich, daß es Unsinn war. Es gab ja überhaupt kein Zuhause.

Und heute? Sehen Sie mich an. Ich habe meine Zweizimmerwohnung. Ich habe mein Auskommen. Und ich bin von keinem Menschen abhängig.

An dem Tag war es, in all dem Staub, als wir hinter dem Karren hergingen und mir so schlecht wurde, weil ich an meinen Bruder dachte, wie er auf diesem Männerschoß festgeschraubt sitzen bleiben mußte, daß ich einen Entschluß gefaßt habe. Aus mir wird mal etwas, habe ich beschlossen. Das kommt Ihnen vielleicht komisch vor. Es ist ja auch komisch, so etwas zu denken. In so einem Augenblick. Aber von da an wollte ich, daß etwas aus mir wird. Und das ist es ja nun auch.

Er hat es überlebt. Ganz schön lange hat er es überlebt. Finden Sie nicht?

Er hatte genug Gelegenheiten zu sterben. Am einfachsten

wäre es gleich damals gewesen, als die Tiefflieger kamen und wir draußen auf der Wolldecke saßen und spielten. Aber unsere Mutter, die immer das einzig Richtige tut, hat uns buchstäblich in der letzten Sekunde ins Haus gerissen. Wir hatten noch gar nicht begriffen, was los war. Einer von diesen komischen Offizieren, Sie wissen schon, mit den verlotterten Uniformen, der stand hinter dem Stall und zielte auf den Piloten. Es sah aus wie im Kino. Aber das wußte ich mit zwölf noch nicht. Kino gab es erst später. Damals sah es bloß sinnlos aus. Der zielte nicht nur. Der schoß auch. Also hat der Pilot einen Bogen gedreht und ist wiedergekommen. Das ist ja logisch. Die Maschinengewehre haben wir bloß gehört. Und die Stallmauer ist genau da eingebrochen, wo der Mann eben noch gestanden hatte. Unsere Wolldecke war hin. Aber das wissen Sie ja.

Das wissen Sie nicht? Was wissen Sie denn überhaupt?

Also – der Mann hat es überlebt. Er war rechtzeitig ins Haus gerannt, und da wurde er dann fünf Minuten später von den Frauen verprügelt. Wir haben es alle überlebt.

Dann war da dieses Gewitter. Da wäre das Sterben auch einfach gewesen. Wußten Sie, daß immer wieder Leute vom Blitz erschlagen werden? Nie wieder habe ich so ein Gewitter gesehen. Eine ungeheure Wolkendecke, graugrün und tonnenschwer und rundherum gelbes Licht. Der erste Blitz schlug zu und gleich im nächsten Augenblick der erste Donner. Dann stürzte alles Wasser gleichzeitig aus den Wolken, und der Himmel wurde kaum noch dunkel zwischen den Blitzen.

Wo ist der Kleine, sagt unsere Mutter.

Eben ist er noch dagewesen.

Es war so schwarz draußen, daß wir ihn nicht finden konnten. Er wollte sich nicht finden lassen. Als alles vorbei war, ist er wiedergekommen, ziemlich naß, aber in einem Stück.

Es gab noch mehr Gelegenheiten. Denken Sie nur an all die Unfälle. Aber mit den Jahren wurde es immer schwieriger mit dem Sterben.

Und jetzt liegt er da. Sie haben ihn ja gesehen.

Worauf warten Sie noch?

Daß ich diesen Bruder beweine? Tränen wollen Sie sehen oder was? Einen Nervenzusammenbruch? Wissen Sie überhaupt, was das ist? Keine Sorge. Ich weine. Aber nicht hier. Den Gefallen tue ich Ihnen nicht.

Was wollen Sie denn noch von mir?

Inhalt

Hanna Johansen
im Carl Hanser Verlag

Die stehende Uhr
Roman
1978. 172 Seiten

Trocadero
Roman
1980. 180 Seiten

Die Analphabetin
Erzählung
1982. 216 Seiten

Über den Wunsch,
sich wohlzufühlen
Geschichten
1985. 160 Seiten

Ein Mann vor der Tür
Roman
1988. 236 Seiten

Die Schöne am unteren Bildrand
Erzählung
1990. 156 Seiten

Über den Himmel
Märchen und Klagen
1993. 130 Seiten

Kurnovelle
1994. 152 Seiten

Hanna Johansen
im Carl Hanser Verlag

Universalgeschichte der Monogamie.
Roman
1997. 440 Seiten.

Der Ton, den dieses Buch anstimmt, ist kein postfeministischer Sirenengesang, aber auch kein Heulsusenton von einer besseren weiblichen Welt. Es ist ein nüchterner Ton, der Ton der skeptischen Empirikerin, jener nun schon in neun Büchern gereiften Johansen, die, mit einer herzlosen Ironie für die eigenen Schwächen begabt, niemals kleinmütig gegen andere wird.

Andrea Köhler, Neue Zürcher Zeitung

»Universalgeschichte« ist sein Name, sein Wesen aber Verführung, privatissime. Nimm mich zur Hand, faß mich an, öffne mich, lies mich, lautet seine Aufforderung zum Tanz – Balztanz? ... Es ist nicht falsch, aus Hanna Johansens Buch ein universales Wissen über alles, was da kreucht und fleucht, zu beziehen. Es wäre nur zu wenig. Es würde über alle Ab- und Ausschweifungen, über all die Untreue, mit der Hanna Johansen ihre Studie über die Treue vorantreibt, hinwegsehen. Fixiert auf die Theorie der Monogamie, würde es das Praktische vergessen: das Lesen.

Samuel Moser, Süddeutsche Zeitung

Schlichte Bücher gibt es genug. Wer sich mit ihnen nicht begnügen will, kann sich jetzt nachhaltig mit Hanna Johansens verzweigter, flatterhafter Prosakunst vergnügen.

Hermann Schlösser, Wiener Zeitung